JETAIME_RIAH

JETAIME_RIAH

ROMAN CRIMINEL

Traduit du coréen
par Kyungran Choi et Delphine Bourgoin

PARK SEO-LYEON

Matin Calme

Ouvrage publié avec le soutien
de l'Institut coréen de la traduction littéraire (LTI Korea, Séoul).

Titre original : 마르타의 일 (*Martha's Work*)
Couverture et maquette : Barbario
Photos : © Dan Silva & © Zhang Kaiyv/unsplash. Picto : © Getty Images

ISBN 978-2-491-29033-7

www.matincalme-editions.com

Le Seigneur lui répondit :
« Marthe, Marthe, tu te donnes du souci et tu t'agites
pour bien des choses.
Une seule est nécessaire.
Marie a choisi la meilleure part,
qui ne lui sera pas enlevée. »
Luc (10, 38-42)

GYEONGA

T'inquiète.
Occupe-toi de tes fesses.

Je n'ai obtenu aucune réponse. Elle ne les a même pas vus. C'est ce que j'ai compris en ouvrant ma messagerie après avoir reçu un appel de la police. Les deux messages que je lui avais envoyés à 10 h 59 étaient indiqués comme « non lus ». Étant la dernière personne à avoir été en contact avec elle, les policiers m'ont téléphoné en premier. C'est ce que m'a expliqué l'agent. C'est donc naturellement à moi qu'incombe la tâche d'avertir le reste de la famille.

— Maman.

Sans doute avait-elle son portable dans les mains, elle décroche à la première sonnerie.

À sa question : « Tu vas bien ? », je réfléchis un instant avant de répondre :

— Gyeonga est à l'hôpital. On vient de m'appeler.

Je sens les larmes affluer puis refluer. Un peu comme au réveil lorsque, assis sur la lunette des toilettes, on a le ventre lourd et que rien ne sort. J'ai mal à la gorge. Ça tire et ça pique, comme si quelque chose s'était fiché à l'intérieur. Mais les larmes ne sortent pas. J'entends ma mère pleurer à l'autre bout du fil et, curieusement, ma douleur s'apaise.

— On se retrouve là-bas. Je pars tout de suite.

Je tente de la calmer :

— Maman, maman, maman...

Sans succès. Je raccroche et lui envoie par SMS l'adresse de l'hôpital que m'a communiquée le policier. Puis j'ajoute : « Tu préviens papa ? » C'est la première fois depuis bientôt trois mois que la famille sera réunie. Avant de trouver un petit boulot, je retournais tous les quinze jours chez mes parents pour laver mon linge. Je ne leur ai rien dit de ce travail, ils auraient diminué mon argent de poche. Mon salaire me permettant désormais d'aller à la laverie, je n'avais plus aucune raison de rentrer chez eux.

J'envoie également un message à ma patronne pour la prévenir que je risque d'être absente demain. Elle me rappelle immédiatement.

— Comme ça concerne ta sœur, tu as droit à deux jours de congés payés.

— Elle n'est pas encore morte, vous savez.

Le bruit du métro m'oblige à hausser la voix. Heureusement, il n'y a personne dans la rame. Après avoir entendu ses quelques mots d'excuse, je raccroche.

L'hôpital n'est pas loin mais j'ai peur de louper la dernière correspondance. Mon portable affiche un peu plus de 10 % de batterie. S'agissant d'un vieux modèle, il peut lâcher à tout moment. Le cœur serré d'angoisse, je descends à la station et parviens à attraper le dernier métro. Quand j'arrive à l'hôpital, mon téléphone est toujours allumé. La pression chute d'un cran.

Je tombe sur ma mère à l'entrée des urgences.

— Où est papa ?

— Il se gare.

Sa réponse est concise. Malgré son visage plein de larmes, elle semble tenir le choc tant bien que mal. Une infirmière nous accompagne jusqu'à Gyeonga. À quelques mètres du lit, ma mère s'effondre. L'infirmière a tout juste le temps de l'attraper par le coude.

Le visage de Gyeonga est recouvert d'un linge blanc.

Les larmes jaillissent et ruissellent sur mon visage. Sans même penser à les essuyer, je reste plantée là.

Soudain, quelqu'un me bouscule et se précipite dans la pièce. Mon père. Il déclenche un véritable vacarme et hurle comme une bête sauvage. Tandis que j'observe mes parents sangloter de part et d'autre du lit, mes larmes se tarissent.

Si c'était moi qui étais allongée là, pleureraient-ils autant?

Une question indécente quand on se tient face au corps de sa petite sœur, pourtant impossible à ravaler. La réponse serait probablement « non ». Gyeonga, en revanche, aurait pleuré. À tel point qu'elle aurait fini par perdre connaissance et aurait atterri sur le lit d'à côté.

Mon téléphone sonne. Encore ma patronne. Elle veut savoir si je viens travailler demain. Une autre manière de demander si Gyeonga est toujours en vie.

— Je vais devoir prendre deux jours.

Elle reste un moment silencieuse.

— Que s'est-il passé?

Qu'une connaissance éloignée me réclame un récit détaillé me semble totalement déplacé, quand bien même l'inquiétude serait sincère.

— On ne sait pas encore.

Ma patronne pousse un profond soupir. Elle doit être sur le point de fermer le café avant de rentrer chez elle.

— Ça ne va pas être simple de trouver quelqu'un pour me remplacer au pied levé. Si vous voulez, je peux faire un saut demain matin.

Je lance cette proposition sans aucune envie de m'y tenir. La situation est suffisamment compliquée, et je ne veux pas que mes parents apprennent que je travaille.

— Laisse tomber, je me débrouillerai.

Avant de raccrocher, ma patronne me conseille de prolonger mes congés par un arrêt maladie.

Quand je rejoins mes parents, un employé des pompes funèbres est auprès d'eux. Si vite ? Je suis surprise mais, après tout, puisqu'il faut en passer par là, autant en finir rapidement. Pleins de colère et de tristesse, mon père et ma mère sont incapables de lui répondre. Je les presse à mon tour pour accélérer la démarche.

Puis vient la police. Tandis que mes parents terminent leur discussion avec le représentant des pompes funèbres, un policier me remet les affaires de Gyeonga, qui se résument en tout et pour tout à son téléphone portable. L'agent me demande de prévenir les amis et connaissances de ma sœur, avant de ramener le téléphone à la police. Saisir l'appareil, hocher la tête... Je parviens encore à effectuer ces petits gestes mécaniques mais je sens mon corps se paralyser peu à peu. Une sensation de surdité étourdissante, comme quand on s'est mouché trop fort ou lors d'une variation atmosphérique trop importante.

Que la chambre funéraire soit située juste à côté des urgences me semble indécent. Pratique, certes, mais indéniablement obscène. Alors qu'une équipe prépare le corps de Gyeonga, une autre s'occupe de la salle. Je n'ai qu'à marcher jusqu'au bâtiment adjacent et à descendre au premier sous-sol. Tout est prêt : tenues de deuil en chanvre, bandeau noir à passer autour du bras pour mon père indiquant qu'il est le maître des funérailles, jusqu'aux plus petits accessoires, filets à cheveux et barrettes ornées d'un ruban blanc. Rien ne manque. À tel point qu'on dirait que quelqu'un attendait depuis longtemps la mort de ma sœur.

La première nuit, quasiment aucun visiteur ne se présente. D'autant qu'il est très tard.

Il m'est déjà arrivé d'assister à des funérailles en tant que membre de la famille du défunt. Je sais donc, pour l'avoir vécu, que j'ai beau penser à la personne décédée, je suis traversée par un vide émotionnel. Je reste assise dans un état d'inertie déconcertant. Peut-être parce que je ne réalise pas encore compte qu'il s'agit des funérailles de ma sœur. Ou peut-être, pour reprendre les mots de mes parents et des autres membres de mon entourage, parce que je suis insensible. Je ne saurais dire.

En termes de sensibilité, Gyeonga, elle, n'en manquait pas. Ses larmes abondantes, ses rires débordants et sa tendresse infinie étaient inépuisables. Tout ce dont je suis dépourvue, ma sœur l'avait.

Ma poche vibre. Je m'empresse de sortir mon téléphone. Affichant 3 % de batterie, il reste sagement silencieux. Le bruit provient de celui de Gyeonga.

Lee Junseo. Je répète plusieurs fois dans ma tête. Lee Junseo, Lee Junseo. Ça me dit quelque chose mais, ce nom étant assez répandu, il se peut que je me trompe. Après un court instant, la vibration s'arrête. Sait-il que Gyeonga est morte ?

Soudain, une pensée traverse mon esprit.

L'agent qui m'a remis le portable de ma sœur m'a expliqué que, selon les policiers, il ne s'agissait pas d'un meurtre. Compte tenu des circonstances et du signalement reçu au commissariat, ils allaient procéder pour la forme à une enquête sur le lieu de sa disparition et auprès de ses proches. Toutefois, pour eux, il s'agissait sans nul doute d'un suicide. Raison pour laquelle il se permettait de « prêter » à la famille le téléphone qui, dans un autre contexte, serait considéré comme une pièce à conviction.

Pourtant, Gyeonga n'était pas du genre à être tentée par un truc pareil. Je dois absolument leur expliquer qu'elle était la dernière à y penser, quand bien même tout semble prouver le contraire. Je dois les convaincre que ce n'est pas un aveuglement de la famille, qu'elle n'avait tout simplement aucune envie de mettre fin à ses jours.

Mais alors son téléphone sera saisi, et il deviendra impossible de le récupérer. Car si ce n'est pas un suicide, c'est qu'il s'agit d'une mort accidentelle ou d'un meurtre. Et s'il s'agit d'un meurtre, une enquête criminelle sera ouverte.

Parvenue à cette conclusion, je ne tiens plus en place.

Une longue file de taxis attend les clients devant l'hôpital. Disparaître sans que mes parents s'en aperçoivent sera facile. Ma mère n'est plus consciente de rien à force de pleurer, et mon père sort toutes les dix minutes pour fumer une cigarette. Combien me reste-t-il sur mon compte ? Sans réfléchir plus longuement, je me précipite à l'extérieur et fonce dans un taxi. Le chauffeur qui somnolait sursaute. J'aperçois mon reflet dans le rétroviseur. Pour ne pas attirer les soupçons de mes parents, j'ai gardé ma tenue de deuil.

– Je vais à Noryangjin. Vite, s'il vous plaît. Le plus vite possible !

Assise à l'arrière, je sens la lumière rouge des urgences disparaître derrière moi.

RIAH

Trois ans plus tôt, Gyeonga avait changé de prénom. Pour autant que je m'en souvienne, elle avait motivé ainsi sa requête : elle trouvait que la signification de son prénom en caractère chinois ne correspondait pas à sa destinée. Elle souhaitait en choisir un qui lui porterait chance. Je l'avais prévenue que sa démarche risquait de ne pas aboutir. Qu'elle aurait mieux fait d'expliquer franchement qu'elle ne voulait pas porter un prénom désuet et préférait en avoir un plus élégant.

Contrairement à ma prédiction, le juge aux affaires familiales avait accepté sa demande sans difficulté. Vingt mille wons pour la procédure administrative, et à peine deux mois plus tard elle s'appelait Riah. Im Riah. J'ai appris par la suite que changer de prénom relevait du droit au bonheur de chaque citoyen et était donc accordé dans la majorité des cas, tant que cela ne servait pas à camoufler des actes frauduleux ou criminels. Seules 10 % des demandes étaient déboutées. Il n'y avait donc aucune raison que Gyeonga la chanceuse ne fasse pas partie des 90 % restants.

Ma sœur était désormais heureuse de porter un prénom qu'elle considérait comme étant aussi joli que celui de son aînée. Pour tout dire, moi, ça me contrariait un peu. En matière de prénoms, j'avais toujours trouvé que Soua – le mien – était plus raffiné que Gyeonga. Un moyen de me considérer comme supérieure à elle, au moins à ce sujet.

Bien sûr, c'était nul, puéril, et je n'avais jamais osé l'avouer à personne. Même si, aux yeux de ceux qui nous connaissaient, cela devait sembler évident.

Maintenant que j'y repense, Gyeonga aurait mieux fait de conserver son prénom. D'autant qu'il lui avait été attribué par un auguste sage que mon grand-père avait consulté pendant que le reste de la famille s'affolait au pied du berceau de la chétive prématurée sans oser lui donner le moindre nom. Le motif présenté au tribunal était donc totalement absurde puisque, en agissant ainsi, elle avait perdu le prénom censé justement lui apporter chance et santé. Comme c'était risible !

Mais pourrais-je en rire un jour ?

Avant que le changement soit officiellement entériné, Gyeonga utilisait déjà Riah comme nom d'utilisateur. Celui-ci était constitué de IMRIAH ou IM_RIAH suivi de sa date de naissance ou d'une série de chiffres attribuée par le site. Si nous avions fini par mener à bien notre projet de voyage – nous avions commencé à le planifier sans le concrétiser vraiment –, nous n'aurions pas été considérées comme des sœurs au contrôle des frontières. En effet, sur nos passeports, nos noms n'étaient pas orthographiés de la même manière : LIM pour moi, IM pour Gyeonga.

Je me précipite dans ma chambre et attrape mon chargeur de téléphone. J'ai aussitôt droit à des coups sur le mur en provenance de la chambre voisine.

Merde, mais c'est pas vrai, elle est complètement folle ! Elle est pas foutue de se coucher avant 3 heures du matin !

Le vrai problème, c'est que mon chargeur n'est pas adapté au portable de Gyeonga.

J'allume mon ordinateur et lance le téléchargement d'un logiciel de transfert de données. Puis je descends à la supérette ouverte vingt-quatre heures sur vingt-quatre située en bas de mon dortoir, où j'achète un câble correspondant au téléphone de ma sœur. De retour dans ma chambre, je branche son portable sur mon ordinateur. Le message « Ne pas débrancher avant la fin de l'opération » s'affiche à l'écran. Sans trop savoir comment occuper le temps, je prends mon téléphone. Il est éteint. Je le mets en charge et retourne à l'ordinateur.

3 % de téléchargement. Une minute s'écoule avant que 1 % supplémentaire soit atteint. *Quelle limace ! C'est pas possible ! C'est son portable qui est plein à craquer ou c'est mon ordi qui est naze ?* Les deux, à tous les coups. L'impatience me gagne mais je n'ai pas d'autre solution. Je doute même que cette sauvegarde soit utile. Je tente de me convaincre qu'il est préférable de m'en occuper maintenant plutôt que de regretter plus tard de ne pas l'avoir fait.

Dans l'hypothèse où cela prendrait deux heures, quelle est la probabilité pour que je reçoive un appel de mes parents ? Le risque augmentera proportionnellement à la progression de la sauvegarde. Dans ce cas, faudra-t-il que je décroche ? Ou vaudra-t-il mieux que je laisse sonner ? Tandis que j'hésite sur la marche à suivre, l'écran de mon téléphone s'allume. Je vérifie mes appels. Personne. Je l'éteins aussitôt.

9 %. Je suis envahie par une immense fatigue. Je jette un œil au calendrier posé sur mon bureau, plein d'annotations. Les croix rouges que je trace dès qu'un jour est passé attirent mon attention. Je me dis qu'à la date d'hier, j'inscrirai le nom de ma sœur plutôt que la croix habituelle. Je n'ai toutefois pas la force de le faire immédiatement.

13 %. C'est plus rapide que je ne le croyais. La progression n'est pas régulière. Elle s'accélère par à-coups et semble ralentir dès que je m'en préoccupe.

Je décide de feuilleter un de mes livres de cours plutôt que de surveiller l'écran. Je me tourne vers l'étagère et ferme les yeux. Si je pensais que je n'avais pas assez de temps ou si j'étais peu sûre de moi, je n'aurais jamais accepté ce job. Je ne me fais confiance que pour ce dont je suis capable. Les gens m'ont demandé si je ne me surmenais pas trop – enfin, par « les gens » j'entends essentiellement Gyeonga et ma patronne –, mais si j'ai décidé de travailler, c'est parce que j'estime que je peux le faire.

30 %.

Ce serait malhonnête de ma part d'affirmer que je n'ai pas pensé à Gyeonga en cherchant du travail.

Gyeonga n'a jamais été une brillante élève. Être tête de classe, décrocher une bourse, ce genre de chose relevait plutôt de mon domaine. Cela dit, je n'ai obtenu la bourse du gouvernement qu'une seule fois au cours de mes huit trimestres universitaires. Qui plus est au cours du premier semestre de la première année. Mais ça me plaisait bien que mes parents et les autres adultes me trouvent plus douée pour les études que ma sœur.

Gyeonga, elle, armée du titre de « reine des bénévoles », a intégré la fac dans le cadre d'une sélection de jeunes talents. Tout au long de son cursus universitaire, elle a multiplié les expériences : journaliste, membre d'associations... Elle s'est mise à collectionner les prix permettant d'obtenir des points aux concours d'embauche organisés par les principales entreprises. Quand je la croisais, elle faisait semblant de se plaindre : « Soua, j'ai trop de boulot ! » Pourtant, son visage était toujours radieux, et elle dégageait une énergie sans faille.

42 %. Imaginer qu'une fille comme elle ait pu se suicider n'a aucun sens.

J'attrape mon pique-aiguilles sur le bureau et tapote machinalement du doigt les aiguilles retournées. Je me dis qu'observer ainsi la progression du téléchargement serait un excellent remède contre l'insomnie si j'en souffrais.

Je souhaitais faire quelque chose qui n'était pas dans les cordes de Gyeonga. En préparant les concours pour devenir professeure tout en travaillant à côté, je souhaitais qu'elle, qui était partante pour tout et affichait toujours un profond enthousiasme sans pour autant briller à la fac, ait de l'estime pour sa grande sœur. Mais alors que je m'attendais à recevoir de sa part compliments et témoignages d'admiration, Gyeonga avait surtout manifesté son inquiétude : « Tu es certaine que ça va aller ? N'en fais pas trop, Soua. Je m'inquiète pour toi. » Ça m'avait gonflée. « Laisse tomber. N'en parle pas à maman, OK ? »

51 %.

Il me semble que nos derniers échanges avaient tourné autour de ce sujet-là. Mon téléphone étant éteint, je ne peux pas le vérifier. Qu'est-ce que nous nous étions dit exactement ?

59 %.

Son dernier message était long. Sans doute parce qu'elle n'avait pas réussi à me joindre pendant que j'étais au travail.

62 %.

Si pour certains un long message peut être considéré comme un mauvais présage, ce n'était pas le cas de Gyeonga. Elle avait l'habitude de m'écrire beaucoup. Enfin, pour être plus précise, elle avait l'habitude d'écrire beaucoup à tout le monde. Quand elle était prise d'une inspiration, elle écrivait de longs messages à « sa cour ». Il lui arrivait même d'en publier des captures d'écran.

La sauvegarde s'accélère soudainement. 78 %.

D'après le policier qui m'a remis son téléphone, je suis la dernière personne qu'elle ait cherché à joindre et à qui elle ait adressé un si long texte. C'est vrai que ma sœur était attachée à moi. Je ne sais pas si elle m'aimait plus que ses amis, mais une chose est sûre, elle pensait plus à moi qu'à elle-même.

81 %. La jauge de progression qui défilait comme un rapide cours d'eau ralentit de nouveau.

Un mauvais présage ?

— Aïe !

Une goutte de sang perle sur mon pouce. J'ai dû appuyer sur le pique-aiguilles sans m'en rendre compte. Le mur tremble violemment sous les coups de ma voisine. Je cherche la boîte de mouchoirs que j'ai achetée quelques jours plus tôt mais ne la trouve pas. Tant pis, le saignement n'est pas trop abondant. Je mets mon doigt dans la bouche et regarde de nouveau l'écran de mon ordinateur. La sauvegarde est terminée.

Ce n'est qu'une fois dans le taxi que j'aperçois les taches de sang sur ma jupe blanche. Comme il fait sombre, je crois d'abord m'être trompée. À la lumière du téléphone, je tente de frotter le tissu pour faire disparaître la saleté, mais rien n'y fait, c'est bel et bien du sang. Tandis que je jure, l'appareil émet un signal. C'est celui de Gyeonga. Elle a reçu un message privé sur l'un de ses réseaux sociaux. Je l'ouvre. Une photo de ma sœur apparaît à l'écran, portant l'inscription « IM Gyeonga ». Elle a été prise dans la chambre funéraire.

L'ANONYME

Mon téléphone se met à son tour à hurler comme s'il n'avait attendu que cet instant. Ma mère.

— Je suis en chemin.

Le soupir qu'elle pousse dans le combiné se plante droit dans mon oreille. Il fallait que je la devance avant qu'elle se lance dans un long sermon.

— On en discute dès que j'arrive.

Elle raccroche sans rien répondre.

Je m'empare de nouveau du téléphone de Gyeonga. Je m'attends à d'autres messages mais l'appareil reste silencieux durant tout le trajet.

Mon père est seul dans la chambre funéraire. Je sens l'odeur de tabac à plusieurs mètres de lui. Alors que je lui demande où est ma mère, il m'explique qu'elle s'est retirée dans l'espace repos. C'est apparemment ainsi que l'on appelle la petite pièce au fond de la salle.

— Tu devrais aussi te reposer un peu, me dit-il en se frottant le menton, où une barbe de quelques heures est apparue.

Il ne m'interroge même pas sur l'endroit où j'étais. S'est-il seulement aperçu que je m'étais absentée pendant deux heures ?

— Il y a eu de la visite ?

Mon père secoue négativement la tête.

La photo a été prise ici, de telle sorte qu'on ne voit pas mon père. Sans doute était-il derrière la cloison.

Qui a envoyé à Gyeonga une photo de ses propres funérailles ? Et dans quel but ?

Je tente d'imaginer un scénario favorable – qu'une de ses connaissances ait pris le cliché lors de sa venue, par exemple –, mais rien ne permet d'envisager qu'elle ait ensuite été envoyée dans une intention bienveillante. Pour commencer, que cette personne connaisse Gyeonga ne signifie pas que celle-ci la connaissait. La photo a été transmise par message direct, pas par SMS ni par aucune autre application nécessitant d'avoir le numéro de téléphone. Par ailleurs, la photo de profil de l'expéditeur est une image par défaut. Et aucune trace d'un échange de messages plus ancien. En cliquant sur le nom, j'atterris sur une page vide sans aucune publication.

Toutefois, ce n'est pas parce que je ne parviens pas à identifier cette personne que je peux affirmer que Gyeonga ne la connaissait pas.

Reprenons depuis le début et laissons cette question en suspens. Que cette personne ait pris la photo durant les funérailles signifie qu'elle sait parfaitement que ma sœur n'est plus en état de la recevoir. Alors pourquoi la lui envoyer ?

Pour communiquer avec celle qui a désormais le téléphone en sa possession. Évidemment.

Comment ai-je pu mettre autant de temps pour parvenir à cette conclusion si simple ? Un frisson traverse mon corps. En frottant les manches raides de ma tenue en chanvre, je me dirige vers la fenêtre et observe dehors. L'expéditeur souhaite-t-il entrer en contact avec celui ou celle qui détient le portable de Gyeonga ? Ou s'adresse-t-il directement à moi, sachant que le portable est désormais entre mes mains ?

Il faudrait que j'en apprenne plus sur la nature de leur relation. S'agit-il d'un stalker détraqué ou d'une personne sur qui Gyeonga pouvait compter? Difficile de trouver la réponse rapidement avec le peu d'indices que je réussis à glaner sur le net. Mes pensées défilent à toute vitesse, m'entraînant vers une issue plutôt pessimiste.

Si Gyeonga ne s'est pas suicidée, peut-être est-ce lui qui l'a tuée?

Au lieu de m'asseoir, je continue de fixer le portable. En faisant défiler les messages reçus par ma sœur puis ses publications, une chose m'apparaît clairement: Gyeonga était bien plus célèbre que je ne l'imaginais. Des milliers de followers suivent son compte. La petite étoile bleue à côté de son nom atteste qu'il s'agit bien de son compte officiel. En consultant sa messagerie, je découvre qu'elle est remplie de messages non lus, notamment certains tout juste envoyés alors que l'aube se lève à peine. Puisqu'il n'y a aucune sonnerie de notification, c'est qu'ils proviennent de followers que Gyeonga ne suivait pas elle-même.

Gyeonga suivait donc l'expéditeur de la photo.

Une découverte plutôt rassurante.

Une main appuyée contre un mur, je m'assois sur le sol tout en examinant le profil de ma sœur. Sur ses photos, elle a les cheveux tantôt courts, tantôt longs. Son maquillage, la couleur de ses vêtements, la décoration ou les paysages ont beau changer, elle conserve son visage irrémédiablement radieux. Elle me semble si vivante que j'ai l'impression qu'elle est sur le point de me parler. La moitié de ses publications étant constituées de vidéos, je peux entendre sa voix autant que je le veux.

Je continue de scroller vers le bas et arrive à l'époque où Gyeonga était revenue de son voyage humanitaire quand l'anonyme envoie un nouveau message.

Gyeonga ne s'est pas suicidée.

Ce message confirme ce que je pense, pourtant il n'est pas franchement le bienvenu. Je tente de me ressaisir et commence à répondre. Mais j'hésite. Je commence une phrase puis efface. Je finis par lui demander ce que je souhaite savoir avant tout.

Qui êtes-vous ?

Un ami. Gyeonga ne s'est pas suicidée.

L'anonyme a immédiatement répondu. Le fait qu'il appelle Gyeonga par son prénom de naissance rend sa réponse crédible. Pourtant, je ne parviens pas à balayer mes soupçons.

Le nom que j'ai aperçu quelques heures plus tôt me revient à l'esprit.

Êtes-vous Lee Junseo ?

Sa réponse est plus que brève.

Non.

S'il n'est pas Lee Junseo, alors qui est-il ? Et pourquoi insiste-t-il autant sur le fait que la mort de Gyeonga n'est pas due à un suicide ? Qui est le meurtrier dans ce cas ?

Je décide de me montrer plus sèche.

Comment savez-vous qu'il ne s'agit pas d'un suicide ? Vous étiez sur place ?

Certes, je doute moi-même de la thèse du suicide. Mais douter est une chose, affirmer en est une autre. Des points de suspension apparaissent à côté de sa photo de profil par défaut. Il est en train d'écrire. Au moment où les trois points disparaissent pour laisser place à sa réponse, je me lève d'un bond.

Oui, j'ai tout vu.

Mon cœur se met à battre très fort. J'ai envie d'aller aux toilettes. Les messages continuent d'arriver.

Le policier avec lequel vous avez parlé tout à l'heure...
C'était moi.

J'ai l'impression d'avoir reçu un coup de massue. Comment mon entrevue avec l'agent s'était-elle déroulée ? Je ne me rappelle ni sa taille, ni les traits de son visage, ni sa voix. Rien. Je me souviens juste que c'était un homme et qu'il s'est présenté comme étant policier. Je n'ai absolument pas eu l'idée de vérifier son identité. J'étais en état de choc, incapable de penser à quoi que ce soit. Je ne crois pas qu'il ait été en uniforme, ce qui ne m'a pas surprise sur le moment.

S'il était vraiment de la police, il n'aurait jamais pris le risque qu'une tierce personne dépose ses empreintes sur une pièce à conviction.

Je sens soudain mes bras et mes jambes sans force.

Sa mort n'a vraisemblablement pas été signalée à la police.
J'ai appelé une ambulance.

L'anonyme m'envoie une nouvelle photo. Elle est un peu floue mais j'aperçois des gens de dos portant une casquette. Facile de deviner de qui il s'agit. Ce sont ceux qui ont fait ça à Gyeonga.

Il faut tout de suite alerter la police.
Vous étiez présent, non ?

Accepteriez-vous de témoigner?
Faites-le, je vous en supplie.

L'anonyme commence à écrire quelque chose, puis l'efface avant de répondre laconiquement :

Surtout pas.

Mes larmes, qui s'étaient arrêtées, se remettent à couler à flots. Suis-je aussi triste que cela? Subitement? Maintenant? Le visage dans les mains, j'ai l'impression de tenir une conduite d'eau éclatée. Plus que la tristesse ou la colère, c'est surtout un sentiment d'absurdité qui m'envahit. Mais mes larmes ne s'assèchent pas pour autant.

Je vous ai déjà dit que si vous préveniez la police, ils risquaient de saisir son téléphone.

S'il s'agit d'un élément clef, il faut absolument le leur confier.

Je sais ce que va répondre l'anonyme et j'aimerais tant qu'il ne le fasse pas. Sans cesser d'essuyer mon visage détrempé, j'attends sa réponse. J'ai presque envie qu'il ne dise plus rien. Mais les choses ne se passent jamais comme on le souhaite.

Je connais...
Le coupable.

Les points de suspension dansent durant un long moment, puis les messages tombent dans un torrent ininterrompu.

Gyeonga possédait deux portables.
Apparemment, le coupable voulait les récupérer.

Mais il n'a pu mettre la main que sur un seul.
Vous voyez où je veux en venir?
Celui qui veut savoir où se trouve le second téléphone...
Que croyez-vous qu'il a fait à Gyeonga?

DRAMA

Au moment du petit déjeuner, ma mère me saisit une main et me dit d'une voix étranglée :

— Maintenant, on n'a plus que toi.

J'ai du mal à comprendre ce qu'elle veut dire. Je suis mal à l'aise. Pourquoi prononcer une telle évidence ? Cela signifie-t-il qu'elle n'attendait pas grand-chose de moi jusqu'à présent ? Est-elle vraiment obligée de le faire devant la photo funéraire de Gyeonga ? Sa main accrochée à mon bras, cette main qui tremble sous l'insistance, m'est insupportable.

Je suis toutefois rassurée sur ma capacité à percevoir l'étrangeté de son comportement. L'échange que j'ai eu avec l'anonyme m'a tellement bouleversée que j'ai craint un moment que cela n'ait entaché profondément mon état émotionnel.

Alors que je croyais ne pas avoir faim, je constate que je mange finalement sans difficulté. La nuit blanche et l'aller-retour jusqu'à mon dortoir ont dû me creuser l'appétit. Tout en me regardant, mon père pousse vers moi une assiette pleine de gâteaux de riz.

— Gyeonga adorait les gâteaux au miel.

Qu'essaie-t-il de me dire ?

— Elle, oui, mais pas moi.

Je déteste les gâteaux à base de riz en général. Mais si je devais vraiment choisir, je préférerais ceux aux haricots rouges plutôt qu'au miel.

Mon père semble un instant embarrassé, puis il se lève, annonçant qu'il va chercher des cigarettes. Vu tout ce qu'il a fumé cette nuit, ce n'est pas étonnant qu'il doive retourner en acheter. Normal.

J'ai goûté au moins une fois à tous les mets disposés sur la table, à l'exception des gâteaux de riz, que j'ai fait semblant de ne pas voir.

J'ai l'estomac rempli plus que de raison, je reste assise devant la photo funéraire. On se croirait dans un drama larmoyant à souhait. Il faut dire que la situation est aussi tragique qu'ennuyeuse. Gyeonga adorait le visage inexpressif que j'affichais face aux adultes dont le comportement me semblait déplacé. Un message du genre : « Ce que tu me racontes ne m'intéresse pas le moins du monde, même si, en tant que jeune fille bien éduquée, je tente de ne pas trop le montrer. » Je conservais imperturbablement cet air impénétrable, sans cligner des yeux ni bouger les commissures des lèvres, quand bien même on tentait de m'intimider d'un : « Tu as vu la tête que tu fais devant des personnes plus âgées que toi ! »

— Moi, je trouve que c'est ton swag. C'est archi-dar !

Gyeonga, elle, montrait toujours de l'intérêt à ses interlocuteurs et n'était jamais désagréable envers personne. Elle était tout simplement comme ça. Maintenant que j'y pense, a-t-elle jamais haï quelqu'un ? C'est une question que je ne me suis jamais posée mais, franchement, elle ne nécessite pas une longue réflexion. La réponse est évidente. Pourtant, cela ne l'empêchait pas de m'aimer, moi et mon caractère distant. Sans doute parce qu'elle en était elle-même totalement incapable.

— Je n'avais jamais vu quelqu'un employer les mots « swag » et « dar » ailleurs que sur les réseaux sociaux.

— Moi aussi. Je crois que c'est la première fois que je les prononce à voix haute.

Gyeonga avait ri distraitement. Je l'avais imitée, sans autre choix.

Qu'est-ce que je peux faire pour toi? J'interroge sa photo. Dans son cadre, ma sœur me regarde avec ses yeux pleins de curiosité, souriant à la manière de la Joconde.

Qu'aimerais-tu que je fasse?

Bien entendu, il n'y a que Im Gyeonga qui parle et agit comme Im Gyeonga. Quand bien même elle adopterait soudainement un comportement aux antipodes de ce qu'elle a l'habitude de faire, ça n'en resterait pas moins une attitude à la Im Gyeonga. Mais, à présent qu'elle n'est plus de ce monde, qui est capable de penser, de parler et d'agir comme elle? Inutile d'y réfléchir à deux fois: moi.

Difficile de dire si je suis la personne qui l'aime le plus au monde. Mon affection pour elle est complexe, nourrie par toutes sortes de sentiments contradictoires: joie et tristesse, supériorité et soumission, admiration et mépris... Il en va ainsi depuis sa naissance, et ça n'est toujours pas terminé. Un an nous sépare. Même si je ne m'en souviens pas en détail, nous avons toujours vécu à la fois dans la compétition et dans l'amour et la protection l'une de l'autre.

Il n'est pas facile aujourd'hui de savoir ce que Gyeonga attendrait de moi. Ma première impression, c'est que cette fille si gentille au visage si doux qui m'observe sur sa photo funéraire me murmure: «Soua, ne fais rien, je t'en supplie. Ne prends aucun risque à cause de moi.» Est-ce mon égoïsme qui me fait croire ça ou suis-je sincèrement parvenue à cette conclusion? Je ne sais pas.

Eh bien, tant pis, je vais agir comme bon me semble.

L'expression de Gyeonga, évidemment, reste inchangée. Soudain, je réalise que je suis en train de parler à une photo. Mes joues s'enflamment. Ai-je été contaminée par la dépression de mes parents? Il faudrait au moins que je garde la tête froide.

Je ne peux pas me fier entièrement aux informations fournies par l'anonyme. Il a utilisé une fausse identité pour m'approcher et me donner le téléphone. Il prétend qu'il a appelé une ambulance, et non la police. Je consulte l'historique des appels. Effectivement, un coup de fil a été passé aux urgences. L'anonyme s'est donc servi du téléphone de ma sœur. Cela signifie que, conformément à ce qu'il prétend, il était avec elle au moment de sa mort. Toutefois, au lieu de rester auprès d'elle pour l'accompagner à l'hôpital, il a choisi de disparaître, emportant avec lui le portable de Gyeonga, une pièce à conviction capitale, pour le remettre à la famille. Et il n'a pas montré la moindre hésitation pour désigner le coupable.

L'anonyme ne fait pas confiance à la police. Il semble suspicieux concernant le bon déroulement de l'enquête. Il ne veut pas révéler son identité. Deux hypothèses peuvent expliquer son attitude. Soit il craint d'être considéré comme suspect – ce qui est évident, mais alors cette hypothèse est peut-être trop simpliste. Soit il a peur d'être la prochaine cible du meurtrier, qui semble être très puissant si l'on en croit les complices qu'il a su mobiliser pour commettre son crime. Dans ce cas, je peux sans peine imaginer qu'il s'agit d'une personne influente, capable de déjouer l'enquête et d'échapper à un procès. À mesure que j'analyse les éléments dévoilés par l'anonyme durant notre échange et que je mets de l'ordre dans mes pensées, je commence à entrevoir ce qu'il attend de moi.

Il préfère la vengeance personnelle à une enquête en bonne et due forme.

Il s'est adressé à moi pour obtenir mon aide, ou tout du moins pour que je serve son projet.

Je n'ai pas beaucoup de temps pour décider quoi faire : opter pour la vengeance ou avertir la police. À moins de réclamer une autopsie avant la mise en bière, le corps de Gyeonga sera incinéré comme prévu, emportant avec lui les derniers indices tangibles.

L'anonyme a su se montrer persuasif. Je suis moi aussi convaincue qu'il ne s'agit pas d'un suicide. Ce qui signifie qu'il existe nécessairement un ou plusieurs coupables. Je m'imagine déjà détruire définitivement ces monstres après les avoir démasqués.

Cependant, Gyeonga, qui était incapable de mettre fin à ses jours, était également la dernière personne à mériter d'être tuée. Ces deux hypothèses ne me semblent pas vraiment convaincantes. Plutôt que de m'en tenir uniquement aux propos de l'anonyme, je dois réunir le plus d'indices possible.

Je traverse la pièce en quelques enjambées et m'assois face à ma mère.

— Il faut procéder à une autopsie.

Le sang quitte son visage. Ma mère agite ses mains dans tous les sens.

— Qu'est-ce que tu racontes ? Ils vont découper son corps en mille morceaux. Il n'en est pas question !

Une réaction prévisible. Je me tourne vers mon père, assis à l'autre bout de la salle. Il secoue négativement la tête.

— Gyeonga avait-elle une assurance ? Parce que s'ils concluent à un suicide, on ne pourra pas toucher la prime. Il faut tenter le tout pour le tout, vous ne croyez pas ?

Ma question les fait hésiter.

— Je vais faire la demande immédiatement.

Sans attendre leur réponse, je me chausse et quitte la pièce. Aucun n'essaie de me retenir. J'ai visé juste.

Le véritable obstacle se trouve aux urgences.

— Le médecin qui a signé le certificat de décès de Mlle Im Riah ? Il vient juste de sortir...

— Il faut nécessairement passer par lui ? Il ne s'agit que d'une autopsie.

— C'est juste que si le médecin n'en a pas fait la demande, c'est qu'il ne l'a pas jugée utile. Attendez un instant, s'il vous plaît.

L'infirmière semble ennuyée mais saisit le téléphone. Je suis à deux doigts de lui dire qu'il serait plus simple d'en discuter avec un médecin en service plutôt que de chercher à joindre celui qui a terminé sa journée. Mais ma chance dans cette malchance, c'est qu'il répond immédiatement.

Je lui explique :

— Nous souhaiterions procéder à une autopsie. Pouvez-vous transférer le dossier à l'un de vos collègues ?

— De quel patient s'agit-il déjà ? Ah oui, la jeune femme décédée d'une intoxication au monoxyde de carbone, c'est bien ça ? Pour ma part, je ne vous recommande pas l'autopsie.

— Je ne vous demande pas conseil. Certes, en tant que médecin, votre avis est important, mais vous ne pouvez pas refuser la demande de la famille, n'est-ce pas ?

— Après ce genre d'examen, le corps est totalement endommagé. Dans le cas de votre sœur, il ne fait aucun doute qu'il s'agit d'un suicide au gaz. C'est d'ailleurs la défunte elle-même qui a prévenu les secours.

Je m'attendais à cette réaction, je suis pourtant incapable de rétorquer quoi que ce soit. Parce que je suis face à un spécialiste ? Parce qu'il a utilisé le mot « défunte » pour désigner Gyeonga ? En attendant, il continue de soliloquer.

— Cela signifie que la défunte était consciente au moment de l'appel et qu'elle l'a donc fait de sa propre initiative. Il arrive souvent qu'au cours d'une tentative de suicide les gens réclament notre aide en raison d'une trop grande souffrance ou tout simplement parce qu'ils ont changé d'avis.

J'éloigne l'appareil de ma bouche, respire profondément et tente de me calmer pour chercher mes mots.

— L'appel a été passé depuis l'appareil de ma sœur mais on m'a dit que ce n'était pas elle qui avait téléphoné. Tous les appels d'urgence sont enregistrés, n'est-ce pas ? Vous m'avez expliqué qu'elle était inconsciente lorsqu'elle est arrivée à l'hôpital. Vous pensez qu'elle s'est réveillée au cours de sa tentative de suicide, qu'elle vous a appelés, puis qu'elle a de nouveau sombré dans le coma ?

— Il est possible qu'elle ait demandé à quelqu'un d'appeler pour elle.

— Mais ce n'est qu'une supposition, vous n'avez aucune preuve. Comment pouvez-vous agir ainsi en tant que médecin? C'est justement parce qu'il n'y a pas de preuve que nous demandons une autopsie. On croirait que vous essayez de nous en empêcher.

J'entends un long soupir à l'autre bout du fil.

— Si vous insistez, nous procéderons bien entendu à l'examen demandé. Je ne cherche pas à vous interdire quoi que ce soit. Je vous expose simplement mon avis et les raisons qui font que je ne recommande pas l'autopsie. Il n'y a quasiment aucune raison qu'une mort causée par une intoxication au monoxyde de carbone, sans trace de violence, soit due à un meurtre. Nous ne préconisons l'autopsie que lorsqu'il apparaît clairement que la mort a été provoquée par un facteur extérieur. Même dans ce cas, il arrive bien souvent que la famille s'y oppose. C'est la raison pour laquelle je ne vous en ai pas parlé.

— Je vous remercie de votre sollicitude et je vous prie de m'excuser de vous avoir dérangé après votre service. Toutefois, pourriez-vous transmettre ma demande au service concerné afin de lancer la procédure?

Je tends le téléphone à l'infirmière et reste un moment debout appuyée contre le mur quand j'aperçois mes parents se précipiter vers moi.

— Qu'est-ce que vous faites? Vous avez laissé la salle sans surveillance?

— Soua, non, ne fais pas ça! Ne fais pas ça..., répète ma mère en larmes, en s'accrochant à mon épaule.

Mon père s'empresse d'annuler l'autopsie. L'infirmière, encore en ligne avec le médecin, coupe court à sa conversation et explique à mon père que la demande n'a pas encore été faite.

— On m'a expliqué qu'on pouvait quand même toucher sa

prime d'assurance-vie, me dit-il en se tournant vers moi. Ça ne pose pas de problème, même en cas de suicide.

– C'est toi qui profiteras de cet argent. Nous n'avons plus que toi à présent. Tu veux poursuivre tes études à l'université ou tu préfères terminer ton cursus à l'étranger?

Les propos déversés par mes parents entre deux sanglots sont totalement déplacés. J'ai beau être celle qui a invoqué l'argument de l'assurance-vie, je ne parviens pas à trouver mes mots. L'infirmière m'adresse un regard étrange. Trouve-t-elle la scène absurde? Je suis furieuse mais ma honte est encore plus grande. Le drama auquel se prêtent mes parents est si pathétique que je donnerais n'importe quoi pour disparaître.

Un peu plus tard, je découvre qu'au moment même où se tenait cette tragédie familiale, l'anonyme m'envoyait un nouveau message. Celui-ci est si concis que je suis à deux doigts de le prendre comme une insulte.

Autopsie = police

Il semble me dire que si l'on procède à l'autopsie, la police interviendra.

L'impossibilité de déterminer l'heure exacte d'envoi de ce message me dérange. Je ne saurais dire s'il me l'a adressé avant mon arrivée aux urgences, ou pendant que j'y étais. A-t-il deviné ce que je m'apprêtais à faire? Ou me surveille-t-il en cachette?

Quoi qu'il en soit, toute cette histoire n'a pas été vaine. La mort de Gyeonga semble due en tout point à un suicide. Même aux yeux d'un médecin urgentiste. Le planning des funérailles est trop serré pour convaincre mes parents. Je ne peux pas tout bloquer, le temps de les persuader de la nécessité d'une autopsie. Je n'ai pas d'autre choix que de faire marche arrière. Avec le vague espoir de trouver un autre moyen de prouver qu'il s'agit d'un meurtre.

Une fois ma décision prise, je me sens terrassée par une immense fatigue.

Je rassemble mes dernières forces et parviens à tenir. Mais, après la mise en bière, je m'effondre littéralement et sombre dans un profond sommeil. Je n'en conserve qu'un souvenir diffus. Il semblerait que mon père m'ait porté sur son dos jusqu'à la petite salle de repos. Anéantie par un épuisement insurmontable.

EMPLOI DU TEMPS

Les funérailles, qui m'ont paru interminables, prennent tout de même fin, sans que je sache vraiment comment. On nous remet les cendres le troisième jour, et je peux enfin rentrer dormir chez moi.

Deux jours plus tard, les résultats des écrits sont publiés.

Il n'y a plus de temps à perdre : je dois retrouver au plus vite mon rythme habituel. Je retourne travailler au café et réorganise mon quotidien, pas mal chamboulé depuis quelque temps. Je me mets également en quête d'un nouveau groupe de travail.

La première chose à faire est de décider quand et comment je vais annoncer à mes parents mon admissibilité au concours.

À la sortie des épreuves écrites, j'avais cherché frénétiquement sur internet des témoignages d'étudiants ayant réussi le concours. J'en avais déjà lu quelques-uns avant les examens. À l'époque, c'était surtout pour me changer les idées. Je me disais : *Certes, il n'y a pas beaucoup d'admis, mais si certains y sont parvenus, pourquoi pas moi ?* À présent, en cherchant attentivement, je réalise que nous sommes vraiment peu nombreux à Séoul à avoir réussi du premier coup le concours pour enseigner l'une des matières principales. On peut nous compter sur les doigts d'une main. Tous les autres admis viennent d'une autre région ou, pour ceux qui se sont présentés à Séoul, sont destinés à enseigner une matière secondaire, deuxième langue ou éducation artistique ou sportive par exemple.

Mon stress est d'autant plus grand que je pense avoir plutôt bien réussi les écrits. Est-ce dû à la chance du débutant ou parce que je ne me suis pas mis trop de pression ? De toute façon, de tous les examens que j'ai préparés jusqu'ici, c'est celui pour lequel j'ai le moins de regrets. D'où mon angoisse plus importante. Honnêtement, si je devais repasser le concours, je ne suis pas certaine de réussir à faire mieux. Alors si jamais je ne suis pas prise...

S'il y a bien une chose qui me différencie des autres, c'est la conscience de mes possibilités. Bien entendu, je reste un être humain, pas une héroïne de jeu vidéo qui agit selon des algorithmes prédéfinis. Je ne peux pas évaluer à chaque instant combien il me reste d'énergie physique ou mentale. Je ne sais pas non plus combien de temps je dois me reposer pour récupérer mes capacités optimales. Ce que je connais, en revanche, ce sont mes limites.

Ce n'est pas facile de faire comprendre aux gens en quoi consiste cette particularité. J'ai essayé de le faire lors de mon entrée à l'université, dans la lettre de motivation qui accompagnait mon dossier de candidature. Cela m'avait valu des rires méprisants de la part du membre du jury qui m'avait reçu : « Connaître ses limites, cela veut dire que l'on peut renoncer à tout moment. Généralement, c'est *dépasser* ses limites qui est considéré comme une qualité, vous ne croyez pas ? » Je me souviens de lui avoir répondu à peu près ça : « Je ne fais que ce dont je suis capable. Par conséquent, si j'ai présenté ma candidature, c'est que je pense pouvoir intégrer votre université. »

Mon dossier avait été rejeté. *Tu n'as qu'à t'en prendre à toi-même, en somme.*

Connaître ses limites permet de viser un objectif réaliste à court comme à long terme, d'évaluer pendant combien de temps on peut maintenir son attention et de conserver un rythme de travail régulier. On peut ainsi rester concentré sur le but que l'on s'est fixé plutôt que de déployer inutilement ses efforts pour un projet dont l'issue est incertaine.

J'ai fini par intégrer l'université sur concours, décrochant même une mention récompensée d'une bourse. Cela avait fait dire à mes parents, ravis, que c'était finalement un mal pour un bien puisque mon échec à la sélection sur dossier m'avait permis d'obtenir un financement. Moi, je ne pensais qu'à une chose: retrouver le membre du jury qui avait refusé ma candidature et lui réclamer des comptes. J'ai découvert plus tard qu'il s'agissait d'un juré extérieur et qu'il n'enseignait pas à la fac, raison pour laquelle je ne l'ai jamais recroisé sur le campus.

C'est donc ainsi que je fonctionne. Je n'ai jamais raté aucun des objectifs que je me suis fixés en étant pleinement consciente de mes capacités. Du moins, pour autant que je m'en souvienne. J'ai agi de la même manière pour le concours de recrutement des professeurs. Au fil du temps, j'ai rencontré bien des difficultés auxquelles je n'étais pas préparée. Aussi le découragement m'a-t-il gagnée à plusieurs reprises en pensant à ma famille et aux autres candidats. Mais, chaque fois, je me suis rappelé le moment où j'avais pris la décision de me présenter et la conviction que j'avais de réussir.

Deux jours après les écrits, j'ai tenté de m'évaluer moi-même. J'ai hésité mille fois avant de le faire. Consciente du fait qu'il s'agissait d'une épreuve plutôt subjective – une dissertation – et que j'étais ma propre correctrice, je me suis efforcée de me montrer ni trop généreuse ni trop sévère. Puis je me suis rendu sur le site internet où d'autres candidats avaient publié leurs propres auto-évaluations. J'avais un ou deux points de moins que la moyenne. Énorme déception. J'ai essayé de me remonter le moral comme j'ai pu: *Il n'y a que ceux qui sont fiers d'eux qui ont posté leurs notes* ou *Ils ont sans doute été trop laxistes envers eux-mêmes*. Sans grand monde avec qui partager mon dialogue intérieur, j'ai fini par attendre les résultats dans mon coin.

J'ai commencé timidement à préparer les oraux, au cas où. L'épreuve orale consistant en une simulation de cours suivie d'un entretien, travailler en groupe m'est rapidement apparu nécessaire. Mais cela allait me demander pas mal de temps. Aussi avais-je repoussé cette préparation jusqu'au dernier moment, après la publication des résultats aux écrits.

Entre-temps, Gyeonga est décédée. Comment, dans ces conditions, puis-je me plaindre de mon malheur? Cela me semble déplacé de le faire alors que ma sœur, elle, a perdu la vie. Je dois continuer à vivre. Mais, si mon objectif n'a pas changé pour autant, ma souffrance, elle, est immense, comme une plaie béante impossible à soigner. Je mentirais si je disais que je ne suis pas désemparée.

Une idée me traverse l'esprit: je ne devrais pas me réjouir d'avoir réussi les écrits.

— Ça va? me demande ma patronne lorsque je prends place en uniforme derrière le comptoir.

Elle a l'air sincèrement inquiète mais ça m'agace. Réprimant l'envie de lui répondre: «À votre avis, comment ça peut aller?», je hoche la tête. Elle hésite un moment avant d'ajouter:

— Eh bien... euh... je te présente mes condoléances.

— Inutile de jouer.

— Jouer? Comment ça? Ce n'est pas ce que l'on dit habituellement à la famille du défunt?

Elle semble réellement embarrassée.

— On dirait une otaku*.

Je suis tentée de la railler davantage mais je laisse tomber. Non seulement je ne suis pas d'humeur à échanger nos vannes habituelles, mais en plus je me dis que je suis peut-être allée trop loin alors que je reviens tout juste après plusieurs jours

* Terme d'origine japonaise désignant une personne passionnée de façon obsessionnelle par quelque chose, notamment les mangas ou les films d'animation, et qui reste cloîtrée chez elle (*N.d.T.*).

d'absence. Quelques instants plus tard, elle me bouscule légèrement de l'épaule et me dit d'une voix enjouée, comme si elle voulait changer de sujet :

– Traiter d'otaku un non-otaku, ce n'est pas très sympa. Mais traiter d'otaku un otaku, ce n'est pas sympa non plus. C'est bizarre, non ?

– Je ne sais pas trop.

– Un otaku qui se prend pour un otaku, ça va. Mais les vrais otakus n'apprécient pas du tout que l'on se fasse passer pour eux. On dirait que ce terme est péjoratif, sauf quand il est employé par les concernés eux-mêmes. Je pense qu'il en va toujours ainsi du processus de création et de diffusion des insultes de nos jours. Intéressant, non ? Il n'y aurait pas des études à ce sujet ?

Ma patronne est soi-disant « diplômée de master ». Elle ne manque pas une occasion de rappeler qu'elle a fait des études, alors que les diplômés sont légion à Noryangjin. Si un psychopathe venait à tirer au hasard sur la foule dans ce quartier, quelle serait la probabilité pour qu'une balle ne touche aucun d'eux ?

Je sursaute. Depuis le décès de Gyeonga, c'est quasiment devenu un réflexe chaque fois que je pense, que j'entends ou que je vois quelque chose évoquant la mort. Le problème, c'est que ce sujet est partout. Vais-je finir par m'habituer ? Serai-je capable un jour de plaisanter de nouveau de ma propre disparition ?

Cela dit, qu'est-ce qui serait le plus grave : m'habituer à la mort de ma sœur si vite ou mettre plusieurs années ?

Ma patronne m'adresse un nouveau petit coup d'épaule.

– Tu m'entends ?

Quand je retrouve mes esprits, je m'aperçois que je suis en train de décaper le comptoir à force de le frotter avec mon chiffon. Ma patronne étant plutôt douée pour parler toute seule dès qu'on l'interroge, je lui pose la première question qui me passe par la tête.

– Vous êtes sur les réseaux sociaux ?

Contre toute attente, elle semble méfiante.

— De nos jours, est-ce qu'il ne serait pas préférable que l'on s'ignore les uns les autres ?

Ne sachant quoi répondre, je reste muette.

— C'est nouveau, grommelle-t-elle. Tu ne m'as jamais demandé ça auparavant ?

Je n'ai fait que prononcer la première chose qui m'a traversé l'esprit. En réalité, je devais penser à Gyeonga.

— Ma sœur était... comment dire... une sorte de star des réseaux sociaux.

— Comment s'appelait-elle ?

— Vous ne venez pas de dire qu'il serait préférable que l'on s'ignore les uns les autres ?

Lors de mon embauche, je lui ai remis une copie de mon livret de famille. Si elle le souhaite, elle pourra sans problème y trouver le nom de ma sœur, la starlette morte. Cette pensée est désagréable mais moins que je ne le pensais. Ma patronne a une connaissance du monde quasi encyclopédique, elle est au courant de pas mal de choses. Je pourrais peut-être lui soutirer quelques informations intéressantes.

— J'ai l'habitude de me créer un compte à la sortie d'une nouvelle application, poursuit-elle. Mais je n'en utilise réellement qu'une ou deux. Et j'ai plus tendance à regarder ce que font les autres qu'à publier moi-même.

— Pareil pour moi. Si ce n'est que je n'ouvre pas un compte systématiquement.

— Puisqu'on en parle, on pourrait peut-être devenir amies si l'on est sur les mêmes réseaux sociaux ?

— Non, ça ne me dit rien.

— Je m'en doutais, répond-elle en riant aux éclats.

Quelques clients assis dans la salle se retournent vers elle.

— Si ta sœur était une influenceuse connue, elle devait être hyperstressée. Dès qu'on publie un truc, il y a toujours quelqu'un pour critiquer tout et n'importe quoi, l'orthographe, la coiffure... Et si par malheur la moindre petite histoire vient attiser les racontars, les commentaires malveillants se déversent dans un flot ininterrompu.

Je n'ai rien dit à ce sujet mais ma patronne parle de Gyeonga comme si elle s'était suicidée. Il faut dire que lorsqu'il s'agit du décès d'une personne jeune, on a vite fait de penser à un accident ou à un suicide. Je risque d'y avoir droit régulièrement. Je ferais donc mieux de ne pas réagir chaque fois au quart de tour.

– Ce n'était pas son genre.

– Oh mais tu sais, on n'est pas forcément responsable des histoires qui courent sur nous. Tu connais l'expression « le prix de la célébrité » ? On l'emploie de plus en plus souvent dès qu'on devient un peu populaire. En fait, c'est assez négatif. Cela signifie que la célébrité engendre des effets collatéraux inévitables. C'est pour cette raison que l'on dit qu'on en « paie » le prix.

– Comme de fausses rumeurs, par exemple ?

Tout ça n'est pas très réjouissant, mais il est important que j'y réfléchisse. Il vaudrait mieux que je sache de quelle manière Gyeonga a « payé » sa popularité.

– Rumeurs, commérages, harcèlements, et bien d'autres choses encore. J'ai une amie qui tenait un blog très suivi. Un type qui prétendait être l'un de ses plus grands fans postait régulièrement des commentaires. Un jour, il l'a retrouvée sur les réseaux sociaux. Grâce aux photos qu'elle postait, il était au courant de ses allées et venues et s'est mis à la suivre partout.

– Que s'est-il passé ?

– Il paraît que suivre quelqu'un ne suffit pas à constituer un délit. De peur qu'il ne lui fasse du mal, mon amie n'a jamais réagi de façon véhémente. La police lui a dit qu'elle ne pourrait intervenir qu'en cas d'agression. On ne sait pas si l'autre était au courant de ce règlement. Quoi qu'il en soit, il l'a toujours joué finement. Il n'a posté que des commentaires publics, sans jamais tenter de la contacter par messagerie privée. Tu imagines, la trouille ? Tu dînes dans un restau, il est assis derrière toi. Tu discutes au café avec une copine, il entre à son tour. Si tu ne postes plus rien, il traîne dans les endroits où tu as l'habitude d'aller. Tu ne peux même plus faire tes courses normalement.

Gyeonga ne m'a jamais parlé de ce genre de chose. Je ne pense pas qu'elle ait connu ça. Mais il est probable qu'elle ne m'ait pas tout raconté.

— Comme tu l'imagines, mon amie était au bord de la crise de nerfs. Ne plus poster de photo était inenvisageable. Après tout, les blogs et les réseaux sociaux ne fonctionnent que sur l'image.

OK, j'ai bien compris son dilemme, mais moi, ce qui m'intéresse, c'est la suite.

— Alors ? Ça s'est fini comment ?

— Je ne sais pas si je peux te raconter ça...

Ma patronne approche son visage du mien et poursuit à voix basse.

— Elle a fait exactement comme lui. Elle l'a pris en photo chaque fois qu'elle l'a croisé, a fouillé ses réseaux sociaux pour trouver ses informations personnelles, a envoyé à sa famille tous les éléments rassemblés et l'a averti que si jamais elle le voyait une nouvelle fois, elle transmettrait également le tout à son employeur.

Sans m'en rendre compte, je laisse échapper un petit rire.

— À son employeur ? Comment un type qui travaille a-t-il trouvé le temps de la suivre aussi activement ?

— C'est la raison pour laquelle elle a menacé d'avertir son patron.

— Et ça s'est réglé comme ça ?

Ma patronne se redresse et hausse les épaules.

— À peu près. Elle a fini par fermer son blog et a quitté les réseaux sociaux. Mais un ou deux ans plus tard, elle a découvert que le type s'était trouvé une nouvelle cible et qu'il avait recommencé son cinéma.

— C'est flippant.

En me rappelant que nous discutions de Gyeonga au début de cette conversation, mon estomac se retourne. Ma patronne était-elle proche de cette amie ? Ou m'en parle-t-elle avec autant de détachement parce qu'elles ne se connaissaient pas très bien? À moins qu'avec le temps ce ne soit devenu plus facile pour elle d'aborder ce sujet?

— Tu dois être épuisée, conclut-elle. Je vais m'occuper du ménage avant la fermeture. Tu n'as qu'à rester au comptoir.

Elle m'adresse une petite tape sur l'épaule et rejoint la salle. En tout cas, envers moi, ma patronne n'est pas quelqu'un de malveillant.

Après avoir fermé le café, ma patronne et moi allons prendre un verre. Elle me le propose tous les soirs après le travail. J'ai accepté son invitation une fois ou deux au début, avant de décliner systématiquement. Ça ne l'a pas empêchée de continuer de me le proposer inlassablement, trouvant toujours un prétexte. Elle n'est visiblement pas du genre à nourrir de la rancune au moindre refus. On dirait qu'elle le fait simplement par habitude: «Ça te dit, ce soir?» «Et ce soir?» Aujourd'hui, c'est moi qui lui fais la proposition sans qu'elle ait besoin de répéter son éternel refrain. Voir ses fins sourcils se transformer en deux accents circonflexes est un véritable spectacle.

Nous commandons deux pintes, puis je lui annonce mon résultat aux examens. Elle en fait tout un cirque, tapant sur la table et me reprochant de ne pas le lui avoir dit plus tôt.

— Ça ne me semblait pas être le plus important.

Nos bières arrivent. Timing parfait. Ma patronne hoche la tête et choque son verre contre le mien, répandant un peu de mousse. Tandis que j'observe le liquide s'étaler, je lui fais part de l'idée qui me trotte dans la tête depuis un moment.

— Je crois que je vais démissionner.

— Pourquoi?

Sa voix monte dans les aigus, et ses yeux sont encore plus ronds que l'instant d'avant. Elle repose violemment sa chope sur la table, l'aspergeant de plus belle.

— Pourquoi? Mais enfin, pourquoi? Explique-moi. C'est... c'est la paye qui ne te convient pas? Les horaires? On peut s'arranger si tu veux. Tu n'as qu'à venir que trois jours par semaine. Ou juste le week-end si tu préfères. Bon sang mais pourquoi veux-tu arrêter? Si brutalement?

La «diplômée de master» ne cesse de bégayer. Je l'observe sans répondre. Alors que son visage affiche un mélange de tristesse et de déception, elle fronce soudain les sourcils et se met en colère.

— Tu me connais bien. Tu sais que je suis incapable de dire non, alors tu en profites.

Je m'attendais à ce qu'elle croie ça, mais je ne pensais pas qu'elle le dirait.

— Je ne suis pas certaine d'être en état de travailler.

Elle soupire.

— Très bien, c'est noté. Mais je te signale que ce n'est pas parce que tu veux tout arrêter maintenant que tu peux le faire. Il faut d'abord que je te trouve un remplaçant. Tu vas devoir continuer en attendant.

Ses paroles résonnent comme une menace. Pourtant, elle sait aussi bien que moi qu'il est facile de trouver un étudiant dans ce quartier, qui plus est pour cette enseigne.

— Oui, bien entendu.

— Si ça avait été quelqu'un d'autre, je l'aurais fait travailler jusqu'au bout, mais puisque c'est toi, je vais m'arranger pour te libérer rapidement.

Ma patronne joue les bienveillantes, c'en est presque touchant.

— Merci, grande sœur. Je compte sur vous.

Elle se couvre aussitôt le visage de ses mains et gémit doucement:

— J'y crois pas... Tu viens de m'appeler «grande sœur» juste pour ça!

Après avoir quitté ma patronne en train de faire semblant de pleurnicher – « OK, on avait dit un verre, mais tu ne vas quand même pas partir aussi vite?» –, je rentre au dortoir. Avant de me coucher, je dois d'abord établir mon emploi du temps des jours à venir.

Réveil à 5 heures. Une heure et demie d'exercices physiques – penser à préparer les cours que je peux écouter ou regarder sur internet pendant ma séance de sport. Petit déjeuner. Installation à la bibliothèque avant 7 h 30. Travail jusqu'à 12 heures. Déjeuner. Travail jusqu'à 19 heures. Chercher un groupe avec lequel je pourrais étudier tous les soirs entre 20 et 22 heures – si c'est impossible, modifier l'emploi du temps général. Enquête sur la mort de Gyeonga de 22 à 23 heures. Interdiction de penser à elle en dehors de cette plage horaire. Révision du travail de la journée trente minutes avant le coucher – il paraît que c'est le meilleur moyen de mémoriser. Emploi du temps valable pour les cinq jours de la semaine. Week-end : repos le matin, programme identique l'après-midi.

Parfait.

Je me couche pour trouver le sommeil. Les larmes se mettent à couler. Ça me fait bizarre d'être allongée. Je ne parviens pas à effacer de mon esprit l'image de Gyeonga étendue dans son cercueil. Je me tourne à gauche, et les larmes coulent sur ma joue gauche. Je me tourne à droite, et les larmes coulent sur ma joue droite. Ma voisine se met à frapper sur le mur. *Bordel ! Elle est vraiment tarée. Elle a pas fini de cogner ?*

Après avoir juré intérieurement, comme je le fais toujours, je me sens étrangement calme. *Ce doit être ça, la vie...* me dis-je. *Mais alors quelle vie que la mienne !* Je change de nouveau de position et m'allonge sur le dos.

UN RAYON DE SOLEIL

Une semaine passe sans que l'anonyme se manifeste. L'incertitude quant à la nécessité d'avoir recours à son soutien pour traquer le coupable, dont j'ignore l'identité, me ronge de plus en plus. J'en viens à me dire que je préférerais qu'il ne me contacte plus. En attendant, je consulte mon historique d'appels et enregistre le numéro qu'il a utilisé pour me téléphoner le jour du drame en se faisant passer pour la police. Les premiers chiffres 010 m'indiquent qu'il s'agit d'un numéro de portable standard. Mais était-ce le sien? Compte tenu de l'urgence de la situation, il est peu probable qu'il ait emprunté l'appareil de quelqu'un d'autre.

Dimanche après-midi, je reçois un coup de fil de ma mère. Elle souhaiterait que je passe à la maison. Je suis à deux doigts de refuser par réflexe mais je me ravise. Maintenant que je n'ai plus de travail, je ferais mieux de retourner laver mon linge chez mes parents. Et puis, ce sera l'occasion de jeter un œil aux affaires de Gyeonga.

— Très bien. Je termine ce que j'ai à faire et j'arrive.

En raccrochant, je l'entends s'exclamer: «Ah oui?!» Elle aussi devait s'attendre à ce que je décline sa proposition. Je constate alors que je viens de passer un appel depuis ma chambre. Je me tourne vers le mur, inquiète. Pour une fois, tout est calme. Par chance, ma voisine doit être sortie.

En jouant machinalement avec mon pique-aiguilles, je me connecte au site sur lequel les candidats au concours ont l'habitude d'échanger. La plupart des groupes de travail ont été formés dès l'annonce des résultats. Parmi ceux qui recrutent encore de nouveaux membres, aucun ne propose des horaires compatibles avec mon emploi du temps. Il ne me reste plus qu'à former mon propre groupe avec d'autres étudiants qui, comme moi, ont un peu traîné, ou attendre que quelqu'un en crée un nouveau. J'ai la flemme, mais je finis par me décider à passer une annonce afin de réunir quatre personnes, six tout au plus. Quelques minutes plus tard, deux commentaires sont postés. Je clique sur « Modifier » et précise : « Les séances de travail ayant lieu en ligne, aucune restriction géographique n'est à noter. Toutefois, afin de pouvoir nous entraîner à la simulation de cours, il serait préférable que nous puissions nous retrouver à Noryangjin durant le week-end. » L'un des deux commentaires est effacé. Très bien. Je décide d'attendre jusqu'au lendemain. S'il n'y a aucune autre réponse, nous commencerons à deux.

Je me rends à présent sur un site de vente d'occasion de téléphones. Je préfère ne pas utiliser celui de Gyeonga. C'est pourquoi j'envisage d'en acheter un nouveau et d'y transférer les données que j'ai téléchargées sur mon ordinateur. Un grand nombre de personnes qui ne savent pas que ma sœur ne peut plus leur envoyer de messages ni répondre à leurs appels continuent de chercher à la joindre. Je n'ai pas le courage de leur annoncer la nouvelle. J'ai donc éteint son portable et l'ai glissé dans un sac que j'ai caché au fond d'un tiroir.

Le téléphone qu'utilisait Gyeonga est cher. Même d'occasion, il n'est pas dans mes moyens. En étudiant la question de plus près, je découvre qu'il est possible de basculer les données vers un modèle plus ancien. Je modifie ma recherche en conséquence. De nombreuses offres s'affichent, proposant des prix plus adaptés à mon budget. Habituellement, j'aime mieux effectuer la transaction en main propre afin d'éviter l'envoi de colis. Les vendeurs semblent eux aussi préférer ce mode de fonctionnement. Le problème, c'est que tous habitent loin de chez moi. L'offre la plus proche est située à Banpo, mais il s'agit du modèle auquel j'ai renoncé en raison du prix. J'hésite. Finalement, comme pour le groupe de travail, je décide d'attendre jusqu'au lendemain.

Lors de mon dernier jour de travail, je rencontre ma remplaçante et commence à la former à mon poste. Elle m'explique qu'elle a quitté sa province à la sortie du lycée et s'est installée à Noryangjin. La clientèle du café est essentiellement constituée d'habitants du quartier mais, s'agissant d'une franchise d'une grande enseigne, il y a pas mal de papiers à remplir. Ma patronne imprime les documents et m'indique où signer.

— C'était quand même une drôle d'idée de travailler dans un café quand on prépare les concours pour devenir prof, me fait-elle remarquer. Tu aurais mieux fait de faire comme les autres et donner des cours particuliers, tu ne crois pas ?

Lorsque je lève la tête, elle fuit mon regard.

— Si tu as besoin de quoi que ce soit ou si je peux t'aider, n'hésite pas à m'appeler. Et passe nous voir souvent.

— Est-ce que, par hasard, vous pourriez m'avancer ma paye ?

Effarée, elle laisse échapper un petit rire.

— On dirait que tu as attendu que je dise ça pour me sauter dessus.

— Ce n'est pas possible, hein ? Au moins, j'aurai posé la question.

Jetant un rapide coup d'œil en direction de la nouvelle, occupée à balayer à l'autre bout de la salle, elle chuchote :

— Si tu en as vraiment besoin, je peux t'avancer moi-même l'argent. C'est pour quoi faire ?

J'ai beau savoir qu'elle ne plaisante pas, je ne peux m'empêcher de trouver ça drôle et je laisse échapper un rire.

— Pour acheter un téléphone.

— Pourquoi ?

Je ne sais pas si je peux lui raconter toute l'histoire. Me voyant hésiter, elle sourit, gênée.

— C'est un peu compliqué pour l'avance, mais je peux te donner un portable si tu veux.

— Il faut qu'il soit compatible avec celui de ma sœur.

Gênée par tant de gentillesse, j'étais sur le point de décliner sa proposition, mais il y a urgence. Raison pour laquelle cette réponse un peu abrupte est sortie de ma bouche. Ma patronne est une personne intelligente. Elle semble saisir ce que cache cette phrase et ce que je compte faire de l'appareil.

— J'en ai un qui fonctionne sous Android, et un autre sous iOS. Ils sont comme neufs.

Je n'ai plus aucune raison de refuser. J'accepte d'un hochement de tête. Entre-temps, la nouvelle recrue a fini de balayer et s'apprête à présent à vider les poubelles. Je suis rassurée de voir que ma remplaçante est méticuleuse et a le sens du travail bien fait.

J'accompagne ma patronne jusque chez elle. Si je ne traîne pas, je devrais pouvoir attraper le dernier métro.

Nous nous arrêtons devant un bel immeuble moderne. Je passais tout le temps devant en allant travailler. J'avais remarqué que c'était un *officetel**, mais je ne savais pas qu'elle habitait ici.

— Les non-résidents ont le droit d'entrer ?

— Ma mère n'est pas si regardante.

— C'est elle qui s'occupe de l'immeuble ?

— C'est la propriétaire.

Ma patronne ouvre la porte du bâtiment avec une carte. Tout me paraît soudain un peu moins réel. J'hésite à la suivre à l'intérieur.

---

* Immeuble moderne abritant à la fois des bureaux et des logements entièrement équipés (*N.d.T.*).

— Comme il y a pas mal de studios vides, ça ne rapporte pas grand-chose.

Elle me tire le bras, visiblement embarrassée. Nous n'allons qu'au septième étage et, pourtant, je sens monter le vertige.

Son studio est simple, décoré avec goût mais plutôt désordonné. Le mobilier ne semble pas faire partie de l'option de base proposée habituellement dans ce genre de logement : écran plat géant, lit king size, grande table pour quatre personnes. Tout cela me donne une impression d'étrangeté. La bibliothèque en bois massif qui recouvre un pan de mur entier attise ma convoitise. Contrairement aux boîtes vides de plats à emporter entassées dans un coin qui me font plisser le nez. La locataire des lieux ne semble pas avoir la moindre idée de ce qu'est le recyclage.

— Si j'avais su que j'allais ramener une invitée, j'aurais rangé.

Ma patronne s'évertue à s'agiter partout où se pose mon regard, la pièce n'en a pas l'air plus propre pour autant.

— Ça n'a aucune importance. Vous avez un très beau studio.

Il est sans doute mieux que ce soit le bazar. Cet amas de détritus atténue un peu l'étalage étouffant du lieu. C'en est presque rassurant.

— Je vais aérer, dit-elle en remontant le store.

Un système de sécurité ne permet d'ouvrir la fenêtre qu'en la tirant vers soi.

— Chaque fois que je bascule ce truc, ça me fait penser à Sylvia Plath.

— Pourquoi ?

— Parce qu'on dirait un four.

— Je ne suis pas certaine que cette plaisanterie soit très drôle...

— Tu veux du thé ? me demande-t-elle en allant vers la cuisine.

Je la suis et découvre la présence d'un réfrigérateur à deux portes. Pourquoi posséder un frigo si grand quand on ne cuisine pas et qu'on ne se nourrit que de plats à emporter ?

— Vous avez passé toute la journée dans l'odeur du café, et vous voulez encore boire quelque chose ?

Elle se tourne vers moi, le regard noir.

— Tu veux déjà partir ?

— Oui. Je rentre chez mes parents ce soir. Je ne dois pas tarder.

— Je pensais que tu resterais un peu pour discuter, mais tu n'as apparemment pas l'intention de t'asseoir.

— Même si je ne devais pas retourner chez mes parents, je ne pourrais pas rester. Vous savez que c'est compliqué pour moi en ce moment.

— Tu n'étais pas comme ça avant. J'aimais bien que tu n'en fasses pas des tonnes avec cette histoire de concours, mais là...

Ma patronne ouvre le tiroir du meuble télé. Il est rempli d'appareils de toutes sortes : téléphones, tablettes, ordinateurs... J'en compte pas moins d'une douzaine.

— Prends celui-ci, c'est le plus récent, me dit-elle en me tendant un portable.

Pas si récent que ça, mais il fera l'affaire. C'est le modèle qui est sorti juste avant celui utilisé par Gyeonga.

— Je peux vous l'emprunter ? J'en prendrai le plus grand soin et vous le rendrai en parfait état.

— Tu parles, tu n'as qu'à le garder ! me répond-elle d'une voix bourrue.

Alors que je me dirige vers la porte, elle me rejoint et me tend une écharpe qu'elle enroule autour de mon cou. Ce n'est pas vraiment mon style, mais l'étoffe est de bonne qualité.

— Je n'ai pas froid.

— Tu ne peux pas dire merci au lieu de dire non à chaque fois ? Tu crois vraiment que ça te tuerait ?

En entendant ce dernier mot, mes nerfs se hérissent. Malgré tout, je reste calme tandis qu'elle termine de nouer l'écharpe. Je devrais la remercier, mais ce n'est pas aussi simple. J'ai tant de raisons de le faire qu'un seul « merci » me paraît dérisoire. Pourtant, je sais qu'elle n'attend rien de plus de moi. C'est justement pour ça que je ne parviens pas à le faire. Et puis, la Soua qu'elle aime bien est celle qui a du caractère, pas la fille douce et gentille. Or, j'ai comme l'impression que j'aimerais qu'elle continue de m'apprécier.

– Tu viendras nous voir, n'est-ce pas ?

– Ne vous inquiétez pas. Je passerai jusqu'à ce que vous en ayez assez.

Ma patronne me propose de me raccompagner, mais je la salue d'un geste de la main et quitte son appartement. Je regarde l'heure : j'ai largement le temps d'aller chercher mon linge sale au dortoir avant de prendre le dernier métro. Il fait froid dehors. J'arpente la rue, les mains enfouies dans l'écharpe. J'aimerais lui demander pourquoi elle est si gentille avec moi, un peu comme une grande sœur. Comme la bienveillance, ces mots me sont totalement étrangers. Si bien que je les répète plusieurs fois : « grande sœur », « grande sœur »...

MOT DE PASSE

Il est 1 heure passée lorsque j'arrive chez mes parents.

Depuis que je suis partie, chaque fois que je retourne chez eux j'ai peur que le code d'accès ait changé. Cette fois-ci, c'est vraiment le cas. Lorsque je compose la combinaison habituelle, le boîtier émet un bip strident. Croyant m'être trompée, je recommence, mais le résultat est le même. Sans paniquer, j'essaie la date de naissance de Gyeonga. La porte s'ouvre. Heureusement que mes parents sont prévisibles. *Ils auraient quand même pu me prévenir!* Je ne suis pas certaine que ce soit une bonne idée de devoir se rappeler la date de naissance de ma sœur à chaque retour à la maison.

Je pose mon sac dans l'entrée et j'utilise mon téléphone en guise de lampe torche. La chambre immédiatement en face est celle de Gyeonga, que l'on peut atteindre en cinq pas après s'être déchaussé. La porte est fermée. Gyeonga avait l'habitude de la laisser ouverte avec sa lampe allumée, même lorsque le salon était éteint. Elle faisait ça pour moi, qui avais l'habitude de rentrer tard. Je passais devant sa chambre, je la regardais dormir, puis j'éteignais avant de rejoindre la mienne.

J'ouvre et entre. J'utilise toujours la lumière de mon téléphone. Je ne saurais dire pourquoi mais je n'ai pas envie d'allumer. Une odeur de fleur de coton embaume la pièce. La commode est recouverte d'un voile de poussière alors que le sol est propre. Mes parents ont dû passer l'aspirateur mais pas le chiffon. Je ne me souviens pas précisément de ce qu'il y avait avant mais je n'ai pas l'impression qu'ils aient enlevé ni jeté quoi que ce soit. J'ai une sensation étrange. Comme si Gyeonga pouvait débarquer d'un moment à l'autre en s'écriant : « Hé ! Tu es rentrée avant moi ! Désolée, je suis claquée. Je vais me coucher tout de suite » pour me chasser.

En sortant de sa chambre, je vais directement dans la mienne. Je mets quelques secondes avant de me souvenir quelle direction prendre.

Je mets en marche mon ordinateur et vérifie si j'ai reçu de nouvelles réponses concernant le groupe de travail : il y en a quatre si l'on compte celle que j'ai reçue hier. Il y a également quelques messages privés sans grande importance, du genre : « Est-il possible de changer d'horaire ? », « Pouvez-vous me donner quelques conseils pour préparer les écrits ? », « Si vous êtes une femme, que diriez-vous de travailler ensemble, comme si nous étions amis ? ». Je sélectionne trois personnes qui semblent correspondre à ce que je recherche et leur envoie mes identifiants pour que nous puissions nous retrouver sur la plateforme de réunions en ligne. Je leur explique que je souhaite commencer les révisions le lendemain soir et les invite à se créer un compte s'ils ne l'ont pas déjà fait.

Le téléphone que m'a donné ma patronne est en parfait état. Seule une petite partie du film de protection de l'écran est abîmée. Je lance le transfert des données vers le nouvel appareil et je m'allonge sur mon lit.

À 5 heures, mes yeux s'ouvrent machinalement. Pour une fois que je suis chez mes parents, et vu que je me suis couchée tard, je pensais dormir plus longtemps. Si je venais à me rendormir maintenant, je ne me réveillerais pas avant plusieurs heures. Je décide donc de me lever. L'écran de mon ordinateur est en veille. J'agite le curseur. Un message m'indique que le transfert a été effectué avec succès. En apparence, le nouveau téléphone ressemble en tout point à celui de Gyeonga. Ses photos, ses contacts, son historique d'appels... quasiment tout y est. Ne reste qu'une étape délicate : enregistrer un nouveau mot de passe pour chacun des réseaux sociaux qu'elle avait l'habitude d'utiliser.

Je retourne dans sa chambre et j'allume son ordinateur. Dans la pénombre, l'écran m'éblouit. Une caméra et un micro sont accrochés sur le rebord. Je me rappelle qu'elle m'avait dit qu'elle s'apprêtait à créer une chaîne pour publier ses vidéos. Je mets de côté ce matériel encombrant et tire le clavier devant moi.

Tous les mots de passe sont enregistrés dans son navigateur. J'essaie de les copier directement depuis le site mais, dès que je clique dessus, ils s'effacent. Mieux vaut en demander la réinitialisation depuis chaque application puis en créer de nouveaux en passant par sa boîte mail. J'y trouve des dizaines de mails de ce type. Dans un premier temps, cela me fait rire. Elle ne se souvenait donc jamais de ses mots de passe ? Quelle tête en l'air ! Ça ne m'étonne pas, en fait. Mais je finis par trouver ça bizarre. Un oubli ? Vraiment ? C'est peu probable. Ses mots de passe étaient forcément enregistrés dans son téléphone. Pourquoi avait-elle donc besoin de les changer si souvent ? Est-ce que quelqu'un n'aurait pas plutôt tenté de pirater son compte de façon répétée ?

Impossible de récupérer ses mots de passe depuis le navigateur. Il faut donc que je regarde directement sur son téléphone. Je n'avais pas l'intention d'y toucher mais je n'ai pas vraiment le choix.

Il est 6 heures passées. L'heure où ma mère a l'habitude de se lever. Je quitte la pièce à pas de loup... et tombe sur elle dans le salon. Elle est surprise de me voir mais ne semble pas avoir remarqué que j'étais allée dans la chambre de Gyeonga.

— Quand es-tu arrivée ?

— Très tard. Je ne vous ai pas appelés de peur de vous réveiller.

— On va prendre le petit déjeuner ?

— OK.

Je la regarde entrer dans la salle de bains, mon sac caché derrière mon dos. Je le dépose vite fait dans ma chambre avant de me rendre dans la cuisine. Il y a un reste de ragoût que ma mère a dû préparer hier soir. Je mets la casserole à réchauffer. Constatant qu'il n'y a plus de riz dans le cuiseur, j'en rince quelques poignées et je le mets à cuire. Ma mère sort de sa douche.

– Il y a du riz cuit au congélateur.

– Trop tard, j'ai déjà tout lancé.

– Très bien. Comme ça, nous mangerons du riz fraîchement préparé.

Un ange passe. Je ne sais pas quoi dire. Ou plutôt j'ai une tonne de choses à raconter mais pas à ma mère. Je quitte la cuisine en prétextant que je vais me laver. Dans la salle de bains, près du miroir, nos brosses à dents sont accrochées au mur : celle de ma mère, la mienne et celle de Gyeonga. Je sens la colère me gagner. Ne sachant pas exactement pourquoi, je la sens même décupler.

Quand je sors de la pièce, la table est presque prête.

– Va réveiller ton père.

– Tu fais des œufs au plat ? Je n'en prendrai pas, lui dis-je, feignant de ne pas l'avoir entendue.

Je dépose les couverts sur la table et m'assois sur une chaise.

– Pourquoi ?

– J'ai du mal à les digérer le matin.

– Gyeonga, elle, finissait toujours son bol de riz avec des œufs.

La colère monte de nouveau. Je parviens, non sans peine, à la réfréner. Comme je reste muette, ma mère me répète :

– Je t'ai demandé d'aller réveiller ton père.

– Si tu veux vraiment qu'il se lève, tu n'as qu'à utiliser votre salle de bains. Ça évitera d'avoir à le faire.

– Je peux bien le laisser dormir dix ou vingt minutes de plus, tu ne crois pas ? Pourquoi lui imposer tout ce boucan si tôt ?

Ne souhaitant pas poursuivre cette conversation avec elle, je me dirige vers la chambre de mes parents et ouvre la porte.

— Papa, debout !

Mon père ouvre un œil et se lève en sursaut. Merde ! Il a dû me prendre pour Gyeonga.

Je retourne à table et commence à manger en silence. Et merde encore ! Tout est bon. Après s'être habillée dans sa chambre, ma mère ressort et s'assoit en face de moi. Elle joint ses mains et commence à prier. Je pose bruyamment mes baguettes. Elle fronce les sourcils sans ouvrir les yeux pour autant.

— Soua, tu ne veux pas revenir vivre à la maison ?

C'est la première chose qu'elle me demande une fois sa prière terminée. Une question qui m'aurait profondément agacée si je ne m'y étais pas attendue. Et non seulement je me suis préparée à cette proposition, mais en plus j'ai déjà réfléchi à ma réponse.

— J'ai été reçue aux écrits.

— Ah bon ?

Ma mère se met à murmurer « Merci, merci, amen, amen » en se frottant la poitrine. Là aussi, rien de plus prévisible.

— En quoi consiste la suite ? Tu dois passer un entretien ? Quel est le taux de réussite ?

— Un peu plus d'une chance sur deux. Les oraux sont constitués d'une simulation de cours et d'un entretien.

— Il te faut un tailleur alors.

— Tu crois ?

Maintenant que j'y pense, je n'ai pas de tenue correcte. Je me rappelle qu'à la fin de mon cursus universitaire les autres étudiantes se donnaient des conseils et s'échangeaient les bonnes adresses pour se faire faire un tailleur sur mesure pour la cérémonie de fin d'études. Moi, je n'y ai même pas assisté. J'ai emménagé au dortoir dès le dernier semestre terminé et je n'ai plus eu qu'un seul objectif : réussir du premier coup le concours de recrutement des professeurs. Je n'avais pas eu à penser à un tailleur. Lors de mon stage en établissement scolaire en quatrième année, j'étais habillée de façon convenable et sérieuse, et personne n'avait rien trouvé à y redire.

— Je n'ai qu'à en louer un.

— Quelle idée ! Tu vas devenir professeure, il faut que tu aies au moins une tenue présentable.

Pas faux. J'aurai sans doute d'autres occasions de le porter.

— Mais ce n'est pas donné, un tailleur.

En entendant cette remarque, ma mère se met à pleurer. J'ai dû faire une gaffe. Au même moment, mon père sort de la chambre. C'est la première fois depuis la fête des sports à l'école primaire que je suis aussi heureuse de le voir.

— Qu'est-ce que tu lui as dit pour la mettre dans cet état ?

— Absolument rien ! rétorqué-je sèchement, agacée par son ton inquisiteur.

Ma mère intervient pour faire retomber la tension.

— Ta tante nous a donné cinq cent mille wons pour les funérailles.

— Cinq cent mille ? Qu'est-ce qui lui est arrivé ?

Ma tante est l'une des plus radines du côté paternel. Quand nos amies se vantaient d'avoir reçu de l'argent de la part d'un membre de leur famille, Gyeonga et moi ne pouvions rien faire d'autre que baisser la tête. La sœur cadette de mon père est la seule qui aurait pu nous donner quelques billets. Or, elle ne sortait jamais son porte-monnaie, prétextant que les enfants ne comprenaient rien à l'économie et que ça n'aurait fait que nous embrouiller.

— Moi aussi, j'ai été surprise quand elle m'a tendu l'enveloppe. Elle m'a expliqué qu'elle avait mis de l'argent de côté pour Gyeonga et toi, afin que vous puissiez vous acheter des vêtements corrects lors de votre entrée dans la vie adulte.

Après avoir essuyé ses joues trempées, ma mère pousse un long soupir. Ne sachant comment nous en sommes arrivés là, mon père, lui, semble un peu sonné. Son visage affiche une expression confuse mêlée de sentiments de toutes sortes. Je comprends la tristesse et le désarroi de ma mère, mais je préfère revenir à un sujet plus terre à terre.

— Vous vous êtes occupés de la déclaration de décès ?

— Non, pas encore..., me répond-elle.

De peur qu'elle n'éclate de nouveau en sanglots, j'enchaîne :

— Je peux m'en occuper si vous voulez. Ça peut attendre la fin du concours ? Tout sera fini d'ici un mois. Ça ne vous dérange pas ?

Ma mère accepte d'un signe de tête. Elle paraît reconnaissante. C'est gagnant-gagnant pour elle. Cette pensée me glace aussitôt. Ai-je le droit d'utiliser cette expression pour parler d'un sujet relatif à Gyeonga ? Qui gagne quoi en fait ?

Durant un moment, on n'entend plus que le bruit des couverts. En faisant un effort pour paraître naturelle, je tente :

— Concernant Gyeonga...

J'ai beau essayer de feindre le calme, je sens ma voix trembler imperceptiblement.

— ... ils ont dit que c'était une intoxication au monoxyde de carbone. Mais vous savez ce qu'il s'est exactement passé ? Où est-ce que ça a eu lieu ? Je ne parle pas du quartier, mais c'était chez qui, dans quel motel, dans la voiture de qui ?

Mes parents reposent en même temps leurs couverts sur la table. Mon père ouvre la bouche en premier.

— Arrête de parler de ça pendant qu'on mange.

Réprimant mon envie de lui demander : « Pourquoi ? Ça te coupe l'appétit ? », je poursuis :

— Généralement, ce type d'accident a lieu dans un environnement clos. Ça ne s'est pas passé ici. Compte tenu des équipements que cela nécessitait, il fallait que ce soit un lieu dont elle puisse disposer librement...

— Soua, on t'a dit d'arrêter, me coupe ma mère.

Je mâche lentement une bouchée en la fixant du regard. Elle se met de nouveau à pleurer.

— Ta sœur est morte, s'énerve mon père. Il faut vraiment qu'on en parle comme ça ?

« Et comment faudrait-il en parler ? ai-je envie de lui demander le plus sincèrement du monde. Est-ce que je n'ai pas le droit de savoir ? Vous ne souhaitez pas connaître la vérité, vous ? Votre fille, si douce et si gentille, est décédée. Vous ne voulez vraiment pas découvrir comment ? »

Je ne ressens aucune colère à leur encontre. Après tout, je ne compte pas sur eux pour résoudre le mystère qui entoure la mort de ma sœur.

Je termine mon repas puis retourne dans ma chambre. J'attends d'entendre la porte s'ouvrir et se fermer deux fois, signe que mes parents sont partis au travail. Il ne s'est pas écoulé plus de dix minutes, et j'ai pourtant l'impression d'avoir purgé une peine de longue durée.

Je mets mes vêtements à laver dans la machine et fais la vaisselle, avant d'entrer de nouveau dans la chambre de Gyeonga. En plein jour, on dirait une autre pièce. Un mur entier a été peint de sa couleur préférée, tandis qu'à côté de son lit se trouvent une bougie, un diffuseur de parfum et une boule à facettes. Au-dessus, des photos sont accrochées sur un tableau en liège : des souvenirs de ses séjours humanitaires à l'étranger et des cartes postales envoyées par les enfants qu'elle marrainait. Dans la petite bibliothèque en cubes posée sur son bureau figurent côte à côte le récit de voyage d'un auteur célèbre et un livre de développement personnel dédicacé par la directrice générale d'une grande entreprise. Si nous nous étions rencontrées dans un autre contexte, nous ne serions pas devenues facilement amies. Je pense même que nous ne nous serions pas franchement appréciées. Mais en tant que sœurs, nous n'avions pas le choix. Et c'est justement parce que nous n'avions pas le choix que nous étions uniques l'une pour l'autre. Il ne s'agit pas d'une histoire que nous nous racontions, embellie par je ne sais quel sentimentalisme. C'était réellement le cas.

Une boîte de vitamine C de toutes les couleurs se trouve à côté de l'écran d'ordinateur. *Elle se plaignait toujours d'être fatiguée. Et même pour ça, elle avait réussi à dénicher des pilules girly ! Ça ne m'étonne pas. Tiens, je vais lui en piquer une, ça ne posera plus de problème à présent.* Tandis que mes pensées filent à toute vitesse, j'ouvre distraitement la boîte. Elle n'est pas remplie de cachets multicolores, comme je m'y attendais, mais de comprimés blancs gros comme des haricots. Sans même savoir de quoi il s'agit, je sens mon cœur se serrer.

C'est une sensation que je n'ai encore jamais éprouvée. Si ce n'est, peut-être, quand j'ai découvert les multiples tentatives de piratage en ouvrant sa boîte mail. Mais cette fois-ci, le choc est encore plus grand. Cela ne ressemble pas à ma sœur.

J'ouvre un tiroir de son bureau dans l'espoir d'y découvrir un élément me permettant d'éclaircir ce mystère. Deux sachets sont placés l'un sur l'autre. Ils ont respectivement été prescrits six et deux mois plus tôt. Nulle trace des examens médicaux qui ont dû accompagner les prescriptions mais, une chose est certaine, les consultations ont eu lieu dans deux hôpitaux différents.

Je parcours l'intérieur des autres tiroirs : rien de suspect. Je me baisse et jette un coup d'œil aux étagères du bas : rien non plus. Alors que je m'apprête à me relever, j'aperçois une enveloppe collée sous le bureau. Quel qu'en soit le contenu, je suis surprise par le procédé. Ce n'est pas le genre de Gyeonga de cacher quoi que ce soit. Quelque chose ne tourne pas rond.

Je mets la boîte de comprimés, les sachets et l'enveloppe dans une pochette zippée en plastique que je glisse dans mon sac. Je prépare ensuite un sac de linge propre et vais étendre le contenu de la machine à laver sur le balcon.

Si je pars maintenant, je pourrai déjeuner chez moi puis commencer dès cet après-midi le programme que j'ai établi hier.

Je quitte la bibliothèque une demi-heure plus tôt et rejoins le dortoir afin de me préparer pour la première séance de travail en groupe. Comme il me reste un peu de temps, je sors le téléphone de Gyeonga que j'avais caché au fond de mon tiroir. Un grand nombre de notifications et d'appels manqués s'affichent lorsque je l'allume. J'ouvre le navigateur sur mon ordinateur et clique sur « Mot de passe oublié ». Je tape l'identifiant de Gyeonga puis clique sur « Authentification par SMS ». Je dois définir un nouveau mot de passe. Après un instant de réflexion, je choisis : « sougyeong123$ ». La première étape est terminée.

Je n'ai plus qu'à procéder de la même façon pour les réseaux sociaux qu'elle utilisait. Dans l'onglet « Informations personnelles », je sélectionne « Modifier ». Aussitôt, un message apparaît, m'indiquant qu'un mail vient d'être envoyé. La suite est facile : j'indique de nouveau « sougyeong123$ », j'ouvre l'application sur le téléphone de sauvegarde et rentre les identifiants de connexion avec le nouveau mot de passe. Le tour est joué.

J'éteins le portable de Gyeonga et le remets soigneusement au fond du tiroir. 19 h 55. Il ne m'aura pas fallu plus de dix minutes pour réinitialiser les mots de passe.

Je me connecte à la plateforme de réunions à distance sur mon ordinateur et découvre les demandes de contact de ceux qui souhaitent participer au groupe de travail. Je clique sur « Accepter ». Tous sont déjà en ligne. Je crée aussitôt le groupe, et nous commençons notre première séance.

— Bonsoir à tous. Je suis Lim Soua. C'est moi qui ai publié l'annonce. Ravie de vous rencontrer !

Pendant que chacun se présente brièvement, une notification s'affiche sur le portable de sauvegarde, annonçant l'arrivée d'un message. C'est l'anonyme.

— Comme je m'y suis prise tardivement pour créer ce groupe, j'avais peur de ne recevoir aucune réponse. Je suis heureuse que vous soyez là...

Tout en parlant, j'ouvre le message sur le téléphone :

Pourquoi avez-vous modifié le mot de passe ?

APPEL TÉLÉPHONIQUE

La première séance s'est plutôt bien déroulée.

Le message de l'anonyme m'a tellement secouée que je suis restée un moment sidérée. Alors que je balbutiais : « Pardon, attendez... », les membres les plus expérimentés ont pris la parole. Fort heureusement. À vrai dire, même si je n'avais pas été sous le choc, j'aurais eu bien du mal à animer cette séance. Certes, c'est moi qui en ai été l'instigatrice, mais sans expérience je n'avais pas la moindre idée de comment procéder. Par chance, deux des participants ont déjà tenté le concours – c'est la troisième fois pour l'un et la quatrième pour l'autre. Ils ont plein de conseils à partager. Sans eux, cette première séance aurait été particulièrement confuse. Nous avons commencé par établir le programme pendant une demi-heure, puis nous l'avons suivi à la lettre. Nous sommes convenus que je leur indiquerais jeudi où se tiendrait notre rendez-vous en présentiel. Le temps nous est compté jusqu'aux oraux. Aussi personne ne fait obstacle à l'avancée du travail. C'est déjà une bonne chose.

J'enlève mon casque, je prends mon téléphone et compose le numéro utilisé par l'anonyme le jour où il s'est fait passer pour un policier et que j'ai enregistré un peu plus tôt.

— Allô.

Une voix masculine. Sans en être certaine à cent pour cent, je crois le reconnaître : c'est lui qui m'a appelée le jour du drame, avant de me rejoindre aux urgences.

— Mademoiselle Lim Soua ?

Ça ne fait aucun doute, c'est lui, l'anonyme. Son aplomb me met en rage.

Quand j'ai reçu son message me demandant pourquoi j'avais changé le mot de passe, j'ai d'abord été frappée de stupeur. Comment pouvait-il le savoir ? Qui était-il ? Quelle relation entretenait-il avec Gyeonga ? Au fur et à mesure que ces questions jaillissaient dans ma tête, j'avais l'impression d'avoir le cerveau en bouillie. À présent que la rage se substitue à la panique, mon affolement semble étrangement se calmer. *Vous qui vous permettez de gâcher mon planning de la journée et qui m'obligez à me poser mille et une questions, qui êtes-vous ? Croyez-vous vraiment mieux connaître Gyeonga que moi ?* Le culot avec lequel il me demande de confirmer mon identité attise encore plus le feu de ma colère.

— Comme je ne connais pas votre nom, je vous appellerai « vous »...

Tout ce que je peux tirer de sa voix, c'est qu'il s'agit d'un homme plutôt jeune. Je respire profondément avant de poursuivre.

— Pour être honnête, dans cette histoire, c'est vous qui me semblez le plus suspect. Vous prétendez avoir été sur place au moment des faits sans pour autant me dire ce qu'il s'est exactement passé. Par ailleurs, vous n'appeliez jamais Gyeonga sur son portable, vous la contactiez uniquement par messagerie. Comme vous suiviez chacun le compte de l'autre, j'imagine que vous vous étiez déjà croisés. Mais de là à connaître son mot de passe...

L'anonyme reste silencieux.

— Je vous ai fait confiance car Gyeonga et vous étiez en contact sur les réseaux sociaux. Raison pour laquelle je n'ai pas prévenu la police. Sans autopsie, il n'y a plus moyen de prouver quoi que ce soit. J'ai trouvé dans sa boîte mail des dizaines de demandes de réinitialisation de mot de passe. C'est vous qui avez tenté de pirater son compte, n'est-ce pas ? Vous vous êtes connecté sur son profil et vous vous êtes glissé parmi ses followers pour me leurrer.

— Non, vous faites erreur...

— Si vous ne m'expliquez pas immédiatement comment vous avez découvert que j'avais changé le mot de passe, j'appelle la police. Vu tout ce que vous avez fait jusqu'à présent, vous êtes le suspect le plus crédible. Nous verrons bien si les policiers partagent mon avis.

Malgré mon ton menaçant, l'anonyme reste muet.

— Alors ?

Ma voix monte dans les aigus sans que je puisse y faire quoi que ce soit.

— Je vais vous expliquer. Après tout, libre à vous de me croire ou pas.

Il pousse un long soupir avant de reprendre :

— Avez-vous déjà entendu parler de funérailles numériques ?

Il me semble avoir appris quelque chose à ce sujet au journal télévisé. En fouillant dans ma mémoire, je me souviens à peu près de quoi il s'agit. Je n'arrive pas à croire qu'il utilise ça comme prétexte ! Ma colère redouble.

— Ce sont des entreprises agréées ou les réseaux sociaux eux-mêmes qui s'occupent de ce genre de choses. Vous le savez très bien.

— Oui, je suis au courant. Je l'ai appris quand Gyeonga m'a demandé de m'en charger. Parce que c'est elle qui m'en a fait la demande. J'imagine que vous avez du mal à le croire. Je vous envoie tout de suite un message.

Je décolle le téléphone de mon oreille et regarde ce qu'il vient de m'envoyer. Il s'agit d'une capture d'écran d'un message envoyé environ six mois plus tôt. Nom de l'expéditeur : Im Gyeonga. En haut de la capture figurent l'opérateur, l'heure et le niveau de la batterie.

Si jamais il m'arrive quelque chose,
Fais ce que je t'ai demandé.
C'est mon identifiant de messagerie à l'envers
Avec deux points d'exclamation au début et à la fin.
!!Comme ça!!

Il n'y a aucun message ni avant ni après. Je ne sais pas si l'anonyme les a effacés ou s'il a reçu uniquement celui-ci. En tout cas, je n'ai pas l'impression que ce soit une image falsifiée. Il n'en aurait jamais eu le temps.

— Je vous promets que je n'ai rien fait de mal avec ses données personnelles. J'ai essayé de me connecter à son compte tout à l'heure, mais comme ça ne fonctionnait pas, je me suis douté que vous aviez modifié le mot de passe. J'ai donc voulu savoir si c'était bien le cas.

— Si vous aviez son mot de passe, vous n'aviez qu'à le garder de côté. Pourquoi vous connecter ? Vous n'allez pas me dire que vous étiez justement sur le point de vous occuper de son enterrement, de ses funérailles numériques ou je ne sais comment vous appelez ça. Je n'y crois pas. Avouez que vous avez l'habitude de vous connecter à son compte dès que vous en avez envie.

— Je compte bien m'occuper de ce que Gyeonga m'a demandé de faire lorsque toute cette histoire sera terminée.

Je n'ai pas besoin d'explications supplémentaires pour comprendre ce que sous-entend « cette histoire ».

— Certes, Gyeonga ne m'a rien demandé d'autre que de m'occuper de ses funérailles numériques, mais je pense qu'elle aurait approuvé ce que j'ai l'intention de faire.

Ça m'agace d'entendre un inconnu parler d'une facette de ma sœur qui m'est totalement étrangère. Que veut-il dire par « Gyeonga aurait approuvé » ? Cherche-t-il à se vanter auprès de moi de leur lien étroit ? D'un autre côté, je ne suis pas certaine d'avoir le droit - bien que le terme me semble totalement inapproprié - de m'énerver pour ça. Après tout, ma sœur a demandé à cet homme de s'occuper de ses réseaux sociaux après sa mort.

C'est donc qu'elle considérait qu'il était fiable. Je commence à me dire que je ne devrais sans doute pas me mettre en colère contre lui.

— Je n'ai pas envie de vous communiquer le nouveau mot de passe.

— Qu'est-ce que vous comptez faire ?

Cette fois-ci, c'est moi qui suis coincée.

— Pour être franc avec vous, Soua, je pensais que vous accepteriez de m'aider...

— Vous aider ?

— Oui.

Me prenant la tête dans une main, le coude appuyé sur mon bureau, je reste muette. Comment ça, ce que je compte faire ? Ce n'est pas aussi simple. Plusieurs secondes passent sans que ni l'anonyme ni moi prononcions le moindre mot. Soudain, on frappe à ma porte.

— Je vous rappelle très bientôt. Surtout, gardez votre téléphone près de vous.

Je raccroche sans attendre de réponse et vais ouvrir. Une jeune femme portant des lunettes rondes se tient devant moi, les bras croisés.

— Je suis votre voisine. Vous êtes au courant que nous sommes dans un dortoir, n'est-ce pas ?

Je m'attendais à tomber sur quelqu'un d'extrêmement nerveux. Or, je suis surprise de découvrir qu'elle arbore un visage avenant. Son ton agressif ne colle pas du tout avec son apparence.

— Je ne me suis pas rendu compte que ma conversation avait été bruyante. Je suis désolée.

— J'aurais pu le supporter si ça avait été rapide, mais ça a duré près de trois heures ! Dès que j'essayais de me concentrer, j'entendais vos blablas, et encore vos blablas. Il ne faut pas grand-chose pour devenir fou. C'est comme ça qu'on finit par perdre la tête.

— Mon concours arrive bientôt, et j'ai absolument besoin de travailler en groupe. Ce n'est pas évident de trouver un lieu où nous réunir tous les jours. C'est pour ça que nous le faisons en ligne. Et puis, il n'est pas si tard. Je vous demande d'être indulgente. Je peux vous acheter des bouchons d'oreilles si vous voulez.

Effarée, ma voisine finit par éclater de rire. Sa bouche est si grande ouverte que les mots semblent fuser :

— Mes oreilles sont sensibles aux infections, et je ne supporte pas les boules Quies. Si c'est impossible pour vous de rester silencieuse dans un lieu collectif, c'est peut-être que vous n'êtes pas faite pour ce genre d'endroit, vous ne croyez pas ?

Je n'en reviens pas qu'elle me fasse endosser tous les torts.

— Justement, lorsqu'on vit en communauté, on doit être capable de supporter les petits désagréments. Je n'ai pas passé un coup de fil en plein milieu de la nuit. Je pense que vous avez les oreilles un peu trop sensibles. Et puis, de toute façon, vous ne dormez jamais avant 3 heures du matin. Je n'y suis pour rien si vous avez l'ouïe fine. Dès que je me retourne dans mon lit, vous frappez au mur. Moi aussi, j'entends les bruits que vous faites lorsque vous êtes chez vous. Mais ai-je cogné au mur une seule fois ? Nous ne sommes pas dans une bibliothèque. C'est un espace de vie, ici. Si le moindre bruit vous incommode, je crois que c'est plutôt vous qui n'êtes pas faite pour la vie en collectivité.

La voisine qui occupe la chambre d'en face sort à son tour et passe entre nous pour rejoindre l'escalier. Le couloir est trop étroit pour avoir ce genre de discussion.

— Quoi qu'il en soit, merci de faire un peu attention.

Sans attendre de réponse, ma voisine disparaît rapidement chez elle. De peur de laisser échapper un « Putain ! J'en peux plus de cette folle ! », je rentre moi aussi dans ma chambre et referme la porte.

Je n'ai pas envie de me laisser marcher sur les pieds et j'ai dit ce que j'avais à dire, mais ce n'est pas une très bonne idée d'entretenir de mauvaises relations avec son voisinage. Qui plus est avec quelqu'un d'aussi égoïste et hypersensible qu'elle. Je risque d'en payer le prix fort. J'ai déjà suffisamment de choses à penser en ce moment. Si je dois en plus gérer mes ennemis, je vais finir sur les rotules.

Avant de me coucher, il faudrait que je fasse un compte rendu de notre première séance de travail et un résumé de ce que j'ai étudié cet après-midi, mais j'ai un mal fou à me concentrer. Le sommeil ne vient pas pour autant. Tout en massant ma tête en ébullition, je cherche désespérément un cachet d'antidouleur.

SŒURS

Jusqu'au collège, ma sœur et moi avons été dans le même établissement. Au primaire, nous faisions le trajet ensemble. Bien entendu, nous avons également été dans la même école maternelle. J'avais six ans, et Gyeonga cinq. Quand j'ai commencé à aller en classe, Gyeonga s'est retrouvée seule à la maison. Elle pleurait toute la journée. Mes parents ont donc décidé de l'inscrire à son tour. À l'époque, ils avaient encore moins d'argent que maintenant. Deux enfants scolarisés, c'était un sacré coût pour eux, mais Gyeonga ne leur a pas laissé le choix.

À la maternelle, elle a continué à pleurer. Elle voulait absolument être avec moi. Depuis ma classe – celle des Oiseaux bleus –, j'entendais constamment des pleurs provenant de chez les Poussins. Il n'y a en effet rien d'étonnant à ce que des enfants de quatre ou cinq ans pleurent tout le temps. Mais, si incroyable que cela puisse paraître, j'étais capable de distinguer nettement la voix de ma sœur parmi les autres. Une petite voix pleine de chagrin, si touchante que je sentais un picotement envahir mon visage, comme si j'allais moi aussi me mettre à pleurer. Je détestais ça.

Je n'avais qu'une envie: grandir vite et entrer en primaire afin d'échapper à Gyeonga. En même temps, je m'inquiétais pour elle. Qu'allait-elle devenir sans moi? Elle refusait de participer aux sorties scolaires si je n'étais pas présente, elle n'osait pas monter sur scène lors du spectacle de fin d'année tellement elle était craintive... J'avais beau avoir envie de me faire des amis, impossible. Je devais constamment lui tenir la main lors des sorties, anniversaires et autres festivités.

En primaire, la situation a pas mal changé. Lors de l'année que Gyeonga a passée sans moi en maternelle, elle a appris à se débrouiller toute seule et a acquis une certaine maturité. Elle a même été choisie pour présenter le spectacle de l'école. De mon côté, je me suis fait plein de copines et de copains. Les parents ont toujours tendance à vouloir que leur enfant côtoie les bons élèves. Or, il n'y avait pas une matière où je n'excellais pas. Dix sur dix à chaque contrôle, et pas un seul devoir loupé. Je courais vite, je dessinais plutôt bien et même en musique, on me félicitait pour ma capacité à jouer juste.

En me rejoignant en primaire un an plus tard, Gyeonga a immédiatement compris la situation. Une fois, elle m'a raconté que, alors qu'elle se disputait avec l'une de ses camarades, elle lui avait cloué le bec en lui annonçant fièrement: « Eh ben, moi, ma sœur, c'est Lim Soua! » Bien entendu, la gamine n'avait pas la moindre idée de qui j'étais. Elle était simplement stupéfaite que l'on puisse brandir comme ça un simple nom, comme s'il représentait le pouvoir suprême. Quoi qu'il en soit, cet événement a marqué notre histoire. Cela nous donnait l'impression d'être des personnes exceptionnelles: Gyeonga, parce que sa sœur n'était autre que Lim Soua; moi, parce qu'elle comptait tant sur moi. Tout le monde a besoin de se sentir spécial, d'avoir une raison de se croire important. À cet âge, encore plus. Or, Gyeonga et moi étions cette raison l'une pour l'autre.

À la fin de l'école primaire, Gyeonga faisait la même taille que moi. Il arrivait souvent que les gens la prennent pour la plus âgée de nous deux. Ça ne me faisait pas grand-chose mais Gyeonga, elle, rougissait à chaque fois. Certains me sortaient même des absurdités du genre: « Tu dois être jalouse de ta grande sœur qui travaille si bien à l'école. D'autant qu'elle est si jolie. » Ils avaient dû entendre nos parents dire que l'aînée réussissait bien en classe, et comme Gyeonga semblait plus âgée, le malentendu était vite fait. C'était gênant de devoir rectifier. Au début, ça me faisait drôle, j'étais un peu vexée. Et puis, avec le temps, j'ai fini par me dire qu'il ne suffit pas d'être adulte pour être intelligent. Loin de là.

Avant ça, je ne m'étais jamais comparée à ma sœur. Je n'en avais même pas eu l'idée. Plus je voyais de gens le faire, plus j'étais convaincue que nous étions deux individus parfaitement distincts. De toute façon, ce genre d'incident n'a jamais altéré notre relation.

Le lendemain, dès mon réveil, je prends mon téléphone et monte sur le toit de l'immeuble. Il s'agit d'un espace ouvert aux résidents où chacun peut étendre son linge sur des étendoirs mis à disposition. Toutefois, presque personne n'y va. Sans doute parce qu'on est en hiver, mais aussi et surtout depuis que c'est autorisé aux fumeurs. J'en distingue d'ailleurs deux ou trois dans la pénombre de l'aurore.

Je me dirige dans le coin le plus éloigné d'eux pour téléphoner à l'anonyme. Il ne répond pas. Est-il en train de dormir ? Évite-t-il mon appel ? La première explication est la plus probable. Dois-je continuer à l'appeler jusqu'à ce qu'il me réponde ? Ce n'est sans doute pas une bonne idée de laisser autant d'indices dans son historique. Alors que j'hésite, je reçois un appel d'un numéro que je ne connais pas commençant par 031 en provenance du Gyeonggi, la région autour de Séoul. Je suis certaine que c'est lui.

— Allô.

— Soua ?

Sans trop savoir pourquoi, je lui suis reconnaissante de me rappeler. Avant de m'apercevoir que je n'ai absolument aucune raison de l'être.

— Si vous voulez que je vous fasse confiance, expliquez-moi précisément comment s'est passé le transfert de Gyeonga à l'hôpital.

— Ce n'est pas moi qui l'ai amenée. Je croyais que vous le saviez déjà. J'ai appelé les urgences, puis je suis rentré chez moi avec ma voiture.

Ma question ne portait pas sur les détails concrets du transfert de ma sœur, mais la façon qu'il a de s'exprimer est plus importante que les informations qu'il me communique. C'est le meilleur moyen pour moi de déterminer s'il ment ou pas.

— Où étiez-vous, Gyeonga et vous ?

Silence.

— N'essayez pas de m'avoir. Je peux vous balancer à tout moment à la police.

— On était au bord du fleuve.

Au mot « police », il n'hésite pas une seule seconde à me répondre. Ne voit-il pas que ça le rend encore plus suspect ?

— Je ne vous demande pas dans quel quartier. Vous n'allez quand même pas me dire que c'est arrivé pendant une promenade ? En plein air ?

— Gyeonga était dans une voiture. Je pensais que vous l'aviez compris en voyant la photo que je vous ai envoyée.

Je tente de me rappeler l'image floue qu'il m'a transférée. Des hommes de dos portant une casquette. Avec cette image en tête et les éléments que vient de me fournir l'anonyme, j'essaie de visualiser un plan large de la scène : une voiture garée sur un parking au bord du fleuve Han, les types à casquette autour.

Que faisaient-ils là ?

Cette question est stupide. De toute évidence, ils n'étaient pas venus sauver Gyeonga.

— À qui appartenait la voiture ?

Voilà une question nettement plus intéressante. L'anonyme se retranche dans le silence. J'hésite à invoquer de nouveau la police, mais je préfère m'abstenir. Il vaut sans doute mieux ne pas abuser des menaces, même si c'est une arme terriblement efficace. Un ange passe. En y réfléchissant, il est totalement ahurissant que prévenir la police constitue une menace. J'ai l'impression de devenir dingue.

– Vous le sauriez si vous vous intéressiez un peu plus à Gyeonga, lâche-t-il avant de raccrocher.

J'y crois pas!

La colère monte, mais je ne trouve rien à répondre. Je suis à deux doigts de le rappeler et de l'abreuver d'insultes avant de le balancer aux flics. Quand je parviens enfin à me calmer, je tente de me concentrer sur la dernière phrase qu'il a prononcée. D'après lui, pour savoir à qui appartenait la voiture, je devais porter toute mon attention sur Gyeonga. Cela signifie donc que ma sœur connaissait le propriétaire. Et donc que les types à casquette ne l'ont pas fait monter de force dans le véhicule avant de l'asphyxier.

Cela veut dire également que je ne me suis pas suffisamment intéressée à ma sœur depuis un moment. Et si ce qui m'avait mise hors de moi, ce n'était pas tant que l'anonyme m'ait raccroché au nez que ses dernières paroles? Tant que je suis incapable de déterminer si je suis en colère contre lui et sa sale remarque ou contre moi parce qu'il a visé juste, ça n'a aucun sens de le rappeler pour lui hurler dessus.

Accroupie dans un coin sur le toit, j'enregistre le numéro qu'il a utilisé pour me joindre. Mes doigts sont engourdis par le froid, mais je ne peux pas encore rentrer. Il me reste un coup de fil à passer.

MÉDICAMENTS

Quand on a un emploi du temps chargé et que l'on doit rencontrer quelqu'un, l'heure du déjeuner constitue le meilleur moment pour fixer un rendez-vous. Quitte à perdre un peu de temps de travail en début d'après-midi, ça reste le créneau le plus adapté à un planning surchargé. Je quitte la bibliothèque vers 11h30 et monte dans le métro, ligne 9. Lorsque j'arrive à destination et sors de la station une demi-heure plus tard, j'ai l'impression d'être la seule à ne pas porter un badge avec ma photo autour du cou. J'attends bêtement plantée au milieu du trottoir avant d'apercevoir le visage de celle que je cherchais. Nos regards se croisent au même moment.

– Hé oh ! Par ici ! s'écrie-t-elle en courant vers moi sans se soucier du regard des autres.

Elle aussi arbore un badge sur sa poitrine.

– Souadiote !

C'est le surnom qu'elle m'a inventé.

Nous nous sommes rencontrées sur les bancs du lycée dès la première année et sommes restées collées l'une à l'autre jusqu'à la fin. D'après elle, « Souadiote » serait le diminutif soi-disant affectueux de « Soua » et « idiote ». Chaque fois qu'elle m'appelait ainsi, je répondais : « Oui, Droguée ? » Et puis, « Droguée » s'est transformé en « Potarde » lorsqu'elle est rentrée à la fac de pharmacie. Diplômée de la meilleure université, elle a tout de suite trouvé un poste dans une entreprise pharmaceutique, comme si c'était ce qui l'attendait depuis toujours.

— Figure-toi que je voulais justement te voir, Souadiote ! Il y a un truc que j'ai très envie de savoir depuis quelque temps.

Le plus naturellement du monde, elle passe son bras sous le mien et se met à bavarder comme lorsqu'on était au lycée. La dernière fois que l'on s'est vues, je crois que c'était au début de notre quatrième année universitaire, il y a environ deux ans. Je craignais que l'on n'ait plus grand-chose à se dire au bout de tout ce temps, contraintes d'échanger des banalités du genre : « Qu'est-ce que tu deviens ? Et ton travail ? »

— Ça tombe bien, moi aussi, j'ai quelque chose à te demander, réponds-je en vérifiant que la pochette zippée est bien dans mon manteau.

— Ça t'ennuie si je commence ? gémit-elle comme un petit chiot.

Elle essaie de m'attendrir ? Ce n'est pas très réussi, mais l'effort est louable.

— OK, vas-y.

— Je veux une réponse claire et nette. Tu es la personne la plus logique que je connaisse.

— C'est bon, épargne-moi ton préambule.

Incapable de deviner ce qu'elle s'apprête à dire, je commence à avoir peur qu'elle n'aborde un sujet encore plus délicat que le mien. Son visage est grave.

— Les zombies...

La tension retombe d'un coup. Je laisse échapper un juron.

— Putain ! T'es complètement dingue ! Ça fait deux ans qu'on ne s'est pas vues et tu veux parler de zombies ?

— Calme-toi. Je suis très sérieuse.

— Continue alors, Madame la folledingue.

— Est-ce que les zombies chient ?

Je n'en crois pas mes oreilles. Tandis qu'elle m'entraîne je ne sais où, bras dessus, bras dessous, je m'arrête net.

— Ben alors, tu réponds ?

Potarde trépigne d'impatience comme une enfant.

Je répète :

— Putain ! T'es complètement dingue ! C'est pas pour rien qu'on t'appelait la Droguée.

Ma remarque déclenche sa colère, et elle se met à me rendre la monnaie de ma pièce :

— Droguée ?! Tu plaisantes ? T'as de la merde dans le cerveau ou quoi ? C'est pas moi qui ai demandé à te voir. C'est toi, tu l'as oublié ? Mon temps est hy-per-pré-cieux ! Tu comprends ce que ça veut dire ?

J'éclate de rire en entendant sa tirade délirante.

— Eh bien, je vois que ta passion pour la merde n'a pas changé.

— Absolument. C'est pour ça qu'on va aller manger un curry.

— Ne me dis pas que tu vas me refaire ton sketch « Ne parlez pas de curry quand on mange du caca » !

Au lycée, chaque fois qu'on nous servait du curry à la cantine, Potarde se lançait dans un long discours sur les excréments en prenant une voix de dessin animé. Qu'une fille aussi puérile et grotesque ait été la première des élèves de la filière scientifique a toujours été un mystère pour moi.

— À bien y réfléchir, c'est vrai que c'est bizarre… Ça chie ou pas un zombie ?

Ravie que je rentre dans son jeu, elle répond :

— Ah ! Tu vois ! Manger active le système gastro-intestinal. Tout ce qui rentre par la bouche ressort par l'anus. Sinon, où pourrait bien passer ce qu'ils avalent ?

— Peut-être que leur appareil digestif a muté et que tout ce qu'ils ingèrent est totalement brûlé ?

— Ce serait foutrement bien pour perdre du poids !

Comme annoncé par Potarde, nous entrons dans un restaurant de curry. Au téléphone, elle m'a prévenue que puisqu'elle travaille, c'est elle qui régale. Charge à moi de l'inviter à mon tour lorsque j'aurais réussi mon concours. Elle semble une habituée des lieux. Elle choisit sans hésiter les ingrédients de son plat et me recommande de prendre la même chose.

— Tu as l'air plus en forme depuis que tu prépares ce concours.

— Ah bon ?

Je pense à Gyeonga. Ça me fait bizarre.

— Il y a un problème ? me demande Potarde en voyant l'expression de mon visage.

— Gyeonga...

— Ta petite sœur ? Je me souviens très bien d'elle. Tu ne m'as pas dit qu'elle avait changé de prénom ? Riah, c'est ça ? Plein d'anciens camarades de promo la suivent sur internet. C'est fou ! C'est une vraie star.

— Elle est morte.

Les larmes me montent aux yeux sans que je m'en aperçoive. Maintenant que je les ai prononcés, je remarque que c'est la première fois que j'associe les mots « Gyeonga » et « mort » dans la même phrase. J'aurais tant aimé qu'ils ne sortent jamais de ma bouche. Maintenant que je l'ai dit clairement - sachant qu'il aurait été impossible de faire autrement avec cette vieille pie de Potarde –, j'ai l'impression que quelque chose que je voulais protéger vient de s'effondrer. De peur qu'elle n'en fasse tout un drame, je feins le calme et prends une serviette en papier dans la boîte posée sur la table. Puis je m'essuie le nez comme s'il s'agissait d'un simple saignement. Incapable de dire quoi que ce soit, Potarde me fixe du regard.

— Pourtant, elle a posté quelque chose il y a une semaine ou deux, non ? finit-elle par dire, parvenant péniblement à ouvrir la bouche.

— C'est récent. C'est arrivé il y a quelques jours.

— Pourquoi tu ne m'as rien dit ? Je serais venue vous donner un coup de main.

— Je n'avais pas trop la tête à ça. On a simplement prévenu la famille et quelques connaissances de mes parents. On n'a rien dit aux amis de Gyeonga. On n'avait pas envie que la nouvelle se répande sur le net.

— Tu savais pourtant que je finirais par le savoir ?

— On n'a pas eu le temps d'y réfléchir.

Soudain, Potarde fond en larmes. Les miennes se mettent de nouveau à couler.

— Tu aurais dû me le dire dès qu'on s'est retrouvées. Au lieu de ça, tu m'as laissée déverser tout mon blabla sur le caca de zombie... T'es vraiment cinglée !

— Tu crois que ça te donne le droit de me traiter de cinglée ? Merde alors !

Les autres clients de la salle nous jettent des regards furtifs. Je ne saurais dire si c'est à cause de Potarde qui a quasiment crié « caca » ou si c'est parce que deux femmes sont en pleurs. Sans doute les deux. Nos plats arrivent à point nommé. Nous tentons tant bien que mal de stopper nos larmes.

À la sortie du restaurant, nous allons prendre un café dans une cafétéria située au rez-de-chaussée de l'immeuble où elle travaille. Je lui montre ce que j'ai trouvé dans la chambre de Gyeonga. Défiant le froid hivernal, Potarde prend un café frappé qu'elle aspire à travers une paille, faisant un bruit de tous les diables.

— C'est un médicament.

— Oui, ça, on est d'accord.

— Un antidépresseur.

Là, j'en reste bouche bée.

— Si l'on tient compte uniquement de ses composants, il est également efficace contre les rhumatismes. Mais il est surtout utilisé dans le traitement de la dépression. On peut l'obtenir sans ordonnance. Il arrive aussi qu'on le prescrive en cas d'insomnie.

Si je résume, ma sœur souffrait donc soit de dépression, soit de rhumatismes, soit d'insomnie. Aucune de ces pathologies ne colle avec la Gyeonga que je connaissais. S'il fallait toutefois choisir la plus probable, ce serait sans doute les douleurs rhumatismales.

En y réfléchissant, j'ai conscience que l'image que j'ai de ma sœur m'empêche de comprendre qui elle était vraiment. Je tente de me représenter une jeune femme de vingt ans que je ne connais pas. Qu'une fille de cette génération ancrée dans la société coréenne souffre de dépression n'a rien de surprenant.

— Si l'on peut obtenir ce médicament sans ordonnance, c'est donc que ça n'était pas très grave?

— Difficile à dire. Une fille de ma promo en prenait. Elle était suivie depuis longtemps à l'hôpital et avait commencé à prendre ces cachets en substitution de son traitement habituel.

Potarde observe l'un des sachets.

— Ça, ça vient d'une clinique psychiatrique.

Il s'agit du sachet prescrit six mois plus tôt.

— Comment le sais-tu?

— Ça ne vient pas d'un CHU. Vu que la prescription a été faite en interne, il y a de grandes chances pour que ça provienne d'un service psy. Regarde: ce n'est pas le nom d'une pharmacie mais d'une clinique. C'est là que le sachet a été délivré. Bon, rien n'indique qu'il s'agit d'un établissement psychiatrique, mais c'est forcément une clinique privée puisqu'il porte le nom du médecin.

Effectivement. Sur le sachet prescrit il y a deux mois figure le nom d'une pharmacie, contrairement à celui-ci.

— À mon avis, elle est allée une fois à la clinique pour obtenir une ordonnance et le premier sachet, puis elle s'est rendue à la pharmacie pour les suivants.

Potarde secoue la boîte de vitamine C. Les cachets s'agitent à l'intérieur. Sur le sachet vieux de six mois est écrit: « Deux fois par jour pendant quinze jours. » Son explication tient la route.

— Ensuite, pour celui-ci, c'est un peu plus compliqué...

— Pourquoi?

Potarde en sort les comprimés.

— Ça a été prescrit pour deux jours, mais comme tu peux le voir, ils sont tous là.

— Pourquoi aurait-elle demandé des médicaments qu'elle n'aurait pas pris ?

Potarde aspire une nouvelle lampée de café puis m'indique du doigt les cachets.

— C'est un traitement que l'on donne en début de grossesse. Il arrive fréquemment que les femmes ne se sentent pas bien au cours des premières semaines, alors elles vont voir leur médecin, convaincues d'avoir la grippe. Ce sont des compléments alimentaires : des minéraux et du fer.

Je ne sais pas comment réagir. Je souris bêtement puis lance, un peu niaise :

— Ça alors ! Ce doit être une coïncidence.

J'aurais pu lui dire : « Peut-être qu'elle a acheté ça parce qu'elle n'avait pas la pêche ? » C'est un peu brutal comme manière d'annoncer les choses. Qui parle ainsi de la petite sœur de son amie ? Une dépression, encore, mais une grossesse, quand même ! Je préfère toutefois ne pas trop en faire.

— Peut-être que je m'avance un peu trop... répond-elle en sortant l'enveloppe de la pochette zippée.

— Ça, je n'avais pas l'intention de te le montrer...

— Au contraire, tu as bien fait. Ce sont aussi des médicaments. Je peux l'ouvrir ?

Sans me laisser le temps de répondre, elle déchire l'enveloppe, dévoilant plusieurs petits cachets blancs. Ils sont accompagnés de ce qui doit être une notice ou un mode d'emploi.

— Ce produit est interdit en Corée. C'est pour avorter.

— Comment Gyeonga a-t-elle fait pour se le procurer ?

— Ça vient d'une ONG qui aide les femmes à obtenir un avortement médicamenteux dans les pays où c'est interdit. On trouve également plein de revendeurs sur internet qui proposent ce genre de chose, mais là, il y a tout et n'importe quoi. Ça n'est vraiment pas fiable, si tu vois ce que je veux dire. En revanche, avec cette ONG, il suffit de faire un don et tu reçois les cachets en guise de remerciement. Évidemment, c'est bien plus sérieux. Sur leur site figurent d'ailleurs plein de témoignages de femmes qui n'hésitent pas à le faire à visage découvert. Tu prends contact directement avec eux, tu te connectes sur leur site et tu leur communiques ton RIB. Je pense que c'est ainsi qu'a dû procéder Gyeonga.

L'enveloppe était scotchée sous le bureau de ma sœur. Impossible que mon père ou ma mère soit mêlé à ça. C'est forcément Gyeonga qui l'a fait.

Je reste figée un moment, incapable de prononcer une parole. Je n'ai même pas vu que la cafétéria s'était vidée. La pause déjeuner est terminée. Potarde me fixe du regard, aussi immobile que moi.

— Pardon, j'étais complètement ailleurs.

— Tu parles ! C'est moi qui suis désolée, me dit-elle.

— Pourquoi ? Il n'y a pas de quoi. Je te suis vraiment reconnaissante.

Cet échange de politesses me fait tout drôle. Ça n'est pas vraiment comme ça que ça se passe entre nous d'habitude. Potarde semble s'en rendre compte également.

— Merde, c'est vrai ! Je ne suis encore qu'une junior dans cette boîte. Je vais passer pour une je-m'en-foutiste à rentrer si tard. Tu as raison de me demander pardon.

— Tu n'as qu'à te faire passer pour la cheffe.

— Il y en a un au labo qui me déteste. Il me cherche tout le temps. Il va se faire un plaisir d'en profiter. Tu crois qu'il va m'accueillir en me disant : « Oh ! Cheffe ! Vous avez bien déjeuné ? »

— OK. Retournes-y vite. Je t'appelle plus tard.

Potarde active le portique d'entrée à l'aide de son badge pendu autour de son cou et me fait un dernier signe de la main avant de disparaître. Je lui souris et la salue à mon tour, mais j'ai la tête à l'envers.

Sur le trajet du retour, dans le métro, je sens les larmes affluer de nouveau. Mon nez me picote légèrement en repensant aux pleurs que nous avons échangés au restaurant. Je parviens encore à contrôler mes émotions en me remémorant notre conversation à la cafétéria, mais l'idée que Gyeonga ait été enceinte déclenche chez moi une colère inexplicable. Mais, quel que soit ce qu'elle a enduré, tout ça n'a plus d'importance à présent. Cette fois, mes larmes deviennent incontrôlables. Ce qui est arrivé est arrivé, impossible de revenir en arrière. Tout ça à cause de ce dernier incident...

HASHTAG

Je dois me faire violence pour me traîner jusqu'à la salle de travail. Je pointe avec ma carte puis, en respirant profondément pour me calmer, je prends place dans la salle réservée aux femmes. Mais je suis obligée d'en ressortir quelques secondes plus tard: mes larmes ne cessent de jaillir, mon souffle est saccadé, et mes reniflements résonnent dans le silence de la salle. Ici, tourner des pages un peu trop fort ou actionner son stylo une fois de trop peut vous valoir un monceau de post-it. S'il suffit du bourdonnement d'une mouche pour énerver ma voisine de dortoir, il ne faut pas plus qu'un battement d'ailes pour rendre dingues les usagers de la salle de travail. De tous les mots que j'ai reçus, « Pouvez-vous actionner votre stylo *avant* de rentrer dans la salle de lecture ? » figure au palmarès. Je me souviens d'avoir été tellement effarée que je l'avais pris en photo et envoyé à Gyeonga. Elle avait répondu « Loooool » avant de poster le cliché sur internet. À peu près à la même époque, il y avait une fille qui m'adressait de temps en temps des regards noirs. Sans doute l'autrice de ce fameux message. Heureusement, elle a disparu avant la fin du semestre. Impossible de savoir si elle a réussi son examen ou si elle n'a pas persévéré. À moins qu'elle n'ait tout simplement plus supporté le moindre cliquètement de stylo. Ce souvenir m'aide à me calmer.

Après ma séance de révision de l'après-midi, je rentre chez moi. Je dîne puis ressors en emportant mon ordinateur portable. Je me rends au café où je travaillais encore quelques jours plus tôt et salue ma remplaçante ainsi qu'une étudiante embauchée à mi-temps. Nulle trace de grande sœur. Quand je travaillais ici, j'avais remarqué qu'il n'y avait pas grand monde en soirée. Je commande un café allongé au comptoir et m'installe à une petite table au fond de la salle. Ici, les tables sont très étroites. Par conséquent, les clients ne s'éternisent pas, et c'est tant mieux. J'allume mon ordinateur, je sors un cahier et rejoins mon groupe de travail, comme tous les soirs à 20 heures. La présence de quelques personnes m'aide plutôt à me concentrer. À la fin de la session, tous les membres de mon groupe sont contents. Nous sommes fiers d'être aussi efficaces pour un groupe formé sur le tard.

Quitte à être installée au café, j'en profite pour rester une heure de plus afin de jeter un œil aux réseaux sociaux de Gyeonga. J'ai décidé autant que possible de ne travailler qu'une demi-heure chaque jour au dortoir, avant le coucher, afin de conserver des relations de bon voisinage.

J'allume le téléphone de sauvegarde et découvre avec effarement que le nombre de followers de ma sœur est passé de 30,2 à 32 K. Nombre de commentaires : 999+. Ce qui signifie que la barre des mille a été franchie, seuil au-dessus duquel ça n'a plus aucun sens de comptabiliser. Je clique sur les derniers messages. Tous sont quasiment identiques : RIP.

Ça ne peut être que Potarde.

Je fais une recherche sur le web. Quelques articles de presse en parlent déjà. Leur mise en ligne remonte à trois ou quatre heures.

Star d'internet, Im Riah, la reine des bénévoles, est décédée.
Les hommages se multiplient.
#jetaime_Riah

Elle rayonnait autant par sa générosité que par sa beauté.
Un ange est retourné au ciel.
On vient d'apprendre le décès de Im Riah.

Je lis attentivement chaque article, réfrénant ma colère. Les circonstances de sa mort ne sont pas encore connues. « Rendu public tardivement, son décès déclenche la tristesse de ses fans. Engagée depuis longtemps dans le bénévolat, ses obsèques se sont déroulées dans l'intimité familiale... » Sans savoir précisément de quoi les journalistes sont au courant, je dois tout de même avouer qu'aucun ne se livre à la moindre affabulation ou supposition. C'est sans doute injuste d'accuser Potarde. J'imagine sans difficulté ce qui a dû se passer. De retour au bureau, elle n'a pas pu s'empêcher d'ouvrir la bouche : « Il paraît que Im Riah est décédée. C'était la petite sœur d'une amie avec laquelle je viens juste de déjeuner. C'est trop triste une mort si brutale... » C'est comme ça que les collègues de Potarde, qui suivaient Gyeonga sur les réseaux sociaux, ont dû commencer à répandre la nouvelle. Potarde elle-même ne m'a-t-elle pas dit que ça finirait par se savoir? Je me doutais pertinemment qu'elle avait raison. Je mentirais si je disais que je ne suis pas en colère contre elle mais, compte tenu de son aide précieuse aujourd'hui et de notre longue amitié, ça reste supportable.

La chance dans toute cette malchance, c'est qu'elle semble n'avoir rien dit des médicaments que je lui ai montrés. La mort d'une star d'internet : la nouvelle en soi est phénoménale. Inutile d'en rajouter. D'ici quelques jours, l'intérêt du public aura diminué. Non, peut-être même avant minuit.

L'un des articles a suscité un nombre de commentaires particulièrement élevé. Je les lis par ordre de pertinence. La plupart sont bienveillants. D'autres sont plutôt neutres : « Qui est cette personne? » Mais mon regard est surtout attiré par les quelques messages injurieux. La plupart des commentaires étant gentils, ils n'ont pas récolté beaucoup de likes. En revanche, les commentaires malveillants étant peu nombreux, ils ont été copieusement likés.

> Im Riah se faisait passer pour une fille sympa et souriante, mais il fallait voir qui l'entourait. Elle avait un faible pour les beaux gosses. Ce n'était rien d'autre qu'un vieux mouchoir que les mecs célèbres se refilaient en cachette. On la connaissait bien dans le milieu du showbiz…

« Mouchoir ». C'est par ce mot que l'algorithme chargé de nettoyer les commentaires a remplacé « kleenex ».

Je fais une capture du message et l'enregistre en PDF. Puis je copie l'URL dans un fichier texte en activant la fonction « Ouvrir le lien dans un nouvel onglet ». Certes, le meurtrier de Gyeonga reste toujours à trouver, mais ce connard-là au moins pourra être convoqué au poste de police.

Les réponses à ce commentaire sont encore plus spectaculaires.

> Tu parles ! Avec son physique, comment elle aurait pu se taper des mecs célèbres ?

> Au lieu de rester enfermé dans ton taudis à te palucher l'esprit, tu ferais mieux de sortir un peu, de prendre l'air, de voir des gens.

> Je la connais depuis l'école. Dès le collège, elle a commencé à se refaire la face. Une petite opération par-ci, une petite opération par-là. LOL. Regardez ses photos de classe !

> Quitte à crever, elle aurait pu d'abord me faire une petite gâterie. Dommage.

> C'est ces filles-là qui sont les plus douées. Les gentilles petites filles sages. Mais dès qu'on se retrouve seul avec

l'une d'elles... LOL. Tous ceux qui l'ont déjà expérimenté savent de quoi je veux parler.

Assise bien droite sur ma chaise, je respire profondément. Les mains serrées sur mes genoux, une déflagration se déroule dans ma tête.

Plus qu'une pensée ou une sensation, c'est une impulsion, un véritable tourbillon qui jaillit du plus profond de moi-même. J'ai envie de frapper mon ordinateur. Je suis prête à le casser et à fracasser sur le sol tout ce qui est à ma portée. Déchirer, déchiqueter, écraser, brûler, exploser en mille morceaux. Défoncer tout et n'importe quoi, comme dans *Call of Duty*.

— On va bientôt fermer. Tu veux rester encore un peu?

Je reviens à la réalité. C'est ma remplaçante qui vient de parler. Je sais qu'elle est juste sympa avec moi parce que j'occupais son poste avant elle. Pourtant, une partie de moi est sur la défensive: «Quoi? Je te fais pitié, c'est ça? J'ai l'air si perdue que tu te sens obligée de me réconforter?» Il faut que je fasse attention.

— Non, merci. J'allais partir.

J'éteins mon ordinateur et rassemble mes affaires. Je suis épuisée. Les commentaires tournent en boucle dans ma tête. J'ai beau tout faire pour garder une apparence humaine, j'ai l'impression d'avoir perdu une part essentielle de mon humanité - sans savoir exactement laquelle. Je quitte le café à la hâte.

Sur le chemin du retour, je recherche le hashtag #jetaime_Riah sur les réseaux sociaux. Une quantité astronomique de résultats s'affichent en quelques secondes. Ce n'est pas tant l'émotion de voir autant de gens pleurer la mort de ma sœur qui me bouleverse que la pensée, sans doute un peu tordue, que tous en profitent pour rivaliser d'originalité et se mettre en avant. Figurent en tête les publications ayant un lien avec le compte de Gyeonga: ceux qui la suivaient et ceux qu'elle suivait. Viennent ensuite les photos où elle a été taguée et ses posts partagés. Mon regard est immédiatement attiré par les profils de types susceptibles d'avoir eu une liaison avec elle. Je trouve ça terrible, mais je ne peux pas m'en empêcher.

Dans sa boîte, les messages privés affluent en masse. Qu'ont-ils donc tous à écrire à quelqu'un dont on vient d'annoncer la mort et qu'ils ne connaissaient pas personnellement ? Un grand nombre d'entre eux ont même fait une capture d'écran de leur message qu'ils ont ensuite publiée en signe d'hommage sous le hashtag #jetaime_Riah. Finalement, nombreux sont ceux – pour ne pas dire tous – qui profitent de Gyeonga pour s'exhiber.

Allongée sur mon lit, je continue de parcourir ces publications. Ils peuvent s'exciter autant qu'ils veulent. De toute façon, ils finiront tous par se calmer. Je suis certaine qu'ils se croient sincères en pensant à elle et en pleurant sa disparition. Si seulement je pouvais faire une capture de tout ça et l'envoyer à Gyeonga. J'aimerais tellement qu'elle voie ça... Mais je la connais, elle serait juste un peu gênée et me sortirait ses niaiseries habituelles : qu'il ne faut pas juger les gens, que chacun gère ses émotions comme il peut, etc.

La dernière publication que je lis est celle d'un rappeur. Ma sœur et lui se suivaient mutuellement. Apparemment, il s'est fait connaître du grand public en participant à un télécrochet. À voir sa tête de gangster, j'ai du mal à croire qu'il ait fait partie de ses proches. Néanmoins, son hommage me paraît sincère et sans artifices. Sa dernière phrase attire mon attention.

J'ai du mal à croire qu'elle soit morte. J'ai cru l'apercevoir sur la ligne 9 du métro aujourd'hui même...

Alors que je m'apprête à refermer sa page, je like son post par erreur. Voulant réparer ma bévue, j'appuie à nouveau rapidement deux fois. J'ai l'impression que mes yeux vont sortir de leurs orbites lorsque je vois le like s'effacer puis apparaître de nouveau. Le rappeur a forcément dû en recevoir la notification. Un message de lui ne tarde pas à arriver dans la messagerie. Il y en a même trois en l'espace de quelques secondes.

Grande sœur? Riah?
Ton téléphone est éteint.
Qui es-tu?

À en croire sa photo de profil, ce type traîne dans le monde de la musique depuis des dizaines d'années. Ça me fait drôle qu'il appelle Gyeonga « grande sœur ». Il va probablement avoir des doutes pendant quelque temps, mais il va finir par oublier cette histoire. Il se dira que le compte de ma sœur a été piraté. Il venait tout juste de s'interroger sur la véracité de sa mort. C'est pour ça qu'il a réagi au quart de tour. Si je ne fais plus de gaffe, ça devrait aller. Tout en essayant de me convaincre ainsi, j'éteins le téléphone de sauvegarde. De toute façon, je ne peux rien faire de plus pour réparer mon erreur.

Il s'est passé beaucoup trop de choses en une seule journée. Littéralement éreintée, je n'éprouve plus la moindre émotion. Ça me semble dingue de le dire mais je me sens plus légère. Soulagée.

Je saute du lit et me mets à rédiger mon compte rendu de travail quotidien. Si étonnant que cela puisse paraître, je parviens sans difficulté à me concentrer.

MARTHE

Gyeonga et moi portions des vêtements de la même taille. Elle était plus grande de six ou sept centimètres, mais nous avions à peu près la même corpulence, ce qui nous donnait une silhouette similaire. Si nous n'avons jamais confondu nos uniformes pendant notre scolarité, c'est parce qu'ils provenaient de deux fournisseurs différents. En effet, lors de mon entrée au collège, mes parents m'en avaient fait tailler un sur mesure chez un fabricant de vêtements de sport que connaissait mon père. Quelques mois plus tard, la boutique avait changé d'activité, proposant des uniformes de marque pour l'école. C'est là qu'ils avaient acheté celui de Gyeonga. Le tissu était de meilleure qualité que le mien mais, ce qui les différenciait plus que tout, c'était la coupe. Bien entendu, de temps en temps, j'avais envie d'en avoir un comme elle, mais ce n'était pas non plus obsessionnel. Je n'ai par exemple jamais été tentée de lui demander de me prêter le sien.

Depuis la fin de l'école primaire, Gyeonga était considérée comme « la jolie fille », tandis que moi, j'étais « la sœur de la jolie fille ». Je savais qu'elle deviendrait populaire dès son arrivée au collège. Quand les filles de ma classe l'avaient vue pour la première fois, elles s'étaient exclamées : « Oh là là ! Qu'est-ce qu'elle est belle ! » Je dois bien admettre que ça m'avait fait bizarre.

Jusqu'alors, c'était moi qui avais droit aux remarques du genre: « Tu as de très jolis yeux » ou « J'adore ton nez ». Il faut dire que Gyeonga et moi nous ressemblions beaucoup. Les gens étaient surpris de voir que nous dégagions une impression différente, alors qu'en nous observant de près nous avions des traits semblables. Nous avions les yeux de notre mère, le nez de notre père et la bouche de notre grand-mère. Il n'y avait qu'au niveau des oreilles que l'on pouvait voir une différence: celles de Gyeonga ressemblaient à celles de notre grand-mère, tandis que les miennes ressemblaient à celles de ma mère. Gyeonga avait également un visage ovale et une tête bien bombée, alors que j'avais un menton plutôt rond et l'arrière du crâne plat. Ces petites dissemblances n'étaient pas frappantes. On ne les constatait généralement qu'après avoir noté nos ressemblances.

Je n'avais rien fait pour révéler ni pour cacher qui elle était, mais la rumeur s'était répandue dans l'établissement en moins d'une semaine. Les collégiens, ainsi que les professeurs, trouvaient amusant que la meilleure élève de deuxième année et la plus jolie fille de première soient sœurs. Cela dit, ça n'était pas non plus un événement, juste un sujet de bavardage.

Le matin, on allait à l'école toutes les deux mais, le soir, on rentrait séparément, car nous n'avions pas les mêmes emplois du temps. En revanche, lorsqu'on finissait tôt, on s'attendait et on prenait notre goûter ensemble. « Les sœurs s'entendent toujours bien. » « Avec seulement un an de différence, vous êtes un peu comme des copines. » Les gens se permettaient tout le temps ce genre de réflexions quand ils nous croisaient. Moi, je me disais que si l'on s'entendait bien, ce n'était pas une question de différence d'âge, mais simplement parce que nous étions qui nous étions, Soua et Gyeonga.

Néanmoins, il m'était arrivé de me mettre en colère contre elle. Je crois que la première fois, c'était à la fin du collège. Un jour, un garçon qui jouait de la guitare dans le groupe de notre paroisse m'avait avoué qu'il aurait bien aimé se rapprocher de ma sœur mais qu'elle ne semblait pas intéressée. Je ne comprenais pas pourquoi il me racontait ça à moi, moi qui n'allais que rarement à l'église et qui le connaissais à peine. Je savais qu'il était populaire au collège, ce qui rendait la situation d'autant plus ridicule. *Il est si sûr de lui qu'il se permet de me dire des trucs comme ça alors qu'on n'a jamais échangé le moindre mot jusqu'à aujourd'hui? Mais, dans ce cas, pourquoi est-ce qu'il ne parle pas à Gyeonga directement?* Je lui avais répondu: « Je ne peux pas savoir ce que pense ma sœur. Je ne peux pas faire grand-chose pour toi », puis j'étais rentrée chez moi. La semaine suivante, de retour à l'église, j'avais découvert que l'histoire avait été complètement déformée. Tout le monde racontait que j'étais amoureuse de ce type alors que lui n'avait d'yeux que pour Gyeonga. Or, celle-ci ne pouvait accepter le cœur du garçon tant convoité par sa sœur aînée. L'histoire gâchée d'un amour impossible. *Quelle connerie! J'y crois pas!* Ce sont en substance les mots que j'avais criés en quittant l'église. C'était la première fois de ma vie que je jurais en public. Du moins, pour autant que je m'en souvienne. Gyeonga, qui était arrivée à l'église avant moi, ne m'avait pas suivie.

La rumeur s'était propagée jusqu'au collège, grâce aux élèves qui fréquentaient notre paroisse. Certains venaient me voir alors que nous ne nous étions jamais adressé la parole auparavant – comme l'avait fait le menteur à l'origine de cette histoire – afin de m'exhorter, les larmes aux yeux, à ne pas tourner le dos à l'Église pour une chose pareille, me proposant de prier ensemble. Bien entendu, aucune chance pour que mes camarades de classe passent cette histoire sous silence. « La petite est jolie et gentille, mais la grande est une véritable vipère. » Autant de jugements aussi stupides que blessants, particulièrement efficaces pour provoquer la colère.

Ma fureur était telle qu'en rentrant le soir à la maison je m'étais mise à hurler sur Gyeonga: il était temps qu'elle intervienne, c'était à elle d'exprimer clairement son refus d'entretenir toute relation avec ce type au lieu de me laisser éclabousser par toutes ces rumeurs.

Gyeonga s'était excusée en pleurnichant, mais je voyais bien qu'elle ne comprenait pas ce qu'elle avait fait de mal. Logique. En réalité, ce n'est pas elle qui était fautive. J'en avais pleinement conscience. Elle n'était pas coupable d'être belle. La faute revenait à cet imbécile qui était doué pour fanfaronner auprès de ses potes mais qui était incapable d'adresser la parole à une fille. La faute revenait à cet esprit malfaisant qui ne doutait pas un seul instant qu'une sœur puisse être jalouse de sa cadette plus jolie. Mais la faute me revenait également de me montrer si sensible aux racontars de gens insignifiants.

Depuis cet incident, je n'ai plus jamais remis les pieds à l'église. Il faut dire que je n'étais pas vraiment croyante. Je n'y étais allée que pour faire plaisir à ma mère. Par conséquent, la paroisse ne me manquait pas, et je n'avais pas l'intention d'en chercher une autre. D'ailleurs, ma mère n'avait pas insisté. J'étais celle qui n'écoutait jamais les prêches et qui feuilletait vaguement sa bible d'un air renfrogné. Tant que Gyeonga, dont on louait sans relâche la beauté et la générosité, continuait de fréquenter l'église, ma mère était comblée.

Le dimanche, au sortir d'une grasse matinée, en attendant le retour de la messe de ma mère et de ma sœur, il m'arrivait parfois de penser à l'histoire de Marthe et Marie. Un jour, Jésus leur rendit visite. Pendant que Marthe, l'aînée, préparait le repas pour tous les convives, Marie était assise auprès de Jésus et l'écoutait parler à ses disciples. Marthe demanda à sa sœur de venir l'aider, mais Jésus intervint pour lui expliquer que ce que faisait Marie n'était pas moins important. C'est toujours la même histoire. Que ce soient les sœurs de Cendrillon, celles de la Belle dans *La Belle et la Bête* ou celle de Marie, ce sont toujours elles les méchantes. Une femme sage, jolie et gentille a une sœur faible, paresseuse et jalouse. Du moins, c'est ce que l'on raconte.

En entrant au lycée, j'avais eu droit à mon tour à un uniforme de marque. Cet événement en soi n'était pas très important. Il m'avait surtout permis de comprendre que ce n'est pas tant la marque du vêtement qui compte que la personne qui le porte. Un an plus tard, Gyeonga intégrait un autre lycée que le mien, et nos parcours scolaires se séparaient définitivement. Le week-end, je suivais des cours dans un institut privé pendant que ma sœur se rendait à l'église. On se disait qu'au moins pendant les vacances on passerait un peu de temps ensemble, mais ça ne se déroulait jamais comme prévu. On était finalement encore plus occupées : Gyeonga par son bénévolat, moi par les révisions.

Il était apparu de plus en plus difficile de restaurer une relation déjà bien distendue. Pour être honnête, à l'époque, je n'en avais pas particulièrement envie. C'était impensable pour certains que deux sœurs puissent se sentir gênées l'une vis-à-vis de l'autre. Pourtant, c'était notre cas. Ce sentiment de gêne avait atteint son paroxysme lors de mon entrée en terminale. Ma famille n'était déjà pas très à l'aise avec moi, mais à présent que j'entamais une phase décisive pour intégrer la fac de mon choix, la tension avait grimpé d'un cran, chacun guettant en permanence mon humeur. Gyeonga encore plus. Moi, je me disais : *Quand on n'a pas de cervelle, au moins on a des yeux.* Je ne trouvais rien d'anormal à leur attitude.

Durant cette année, il n'y avait eu ni dispute ni trouble notable. À l'exception de mon échec à la sélection sur dossier. Ce jour-là, je m'étais querellée avec Gyeonga. N'envisageant pas une seule seconde que j'aie pu échouer, elle était passée prendre un gâteau pour fêter ça. Je lui avais hurlé : « Tu n'as qu'à le bouffer toute seule ! »

En larmes, ma sœur avait répliqué : « Tu te crois mieux que tout le monde, c'est ça ? Tu penses que tu n'as besoin de personne ? » J'avais beau ressasser ses paroles, tout cela me semblait n'avoir aucun sens. « Enfin ! C'est toi qui étais persuadée que j'allais réussir. C'est bien pour ça que tu as acheté ce gâteau, non ? » Je n'avais pas non plus compris que mes parents prennent sa défense. « C'est moi qui ai échoué. C'est normal que je sois de mauvaise humeur. Pourquoi vous êtes tous contre moi ? Moi, je n'ai rien d'autre à mettre en avant que ma tête. Maintenant que j'ai tout raté, vous me méprisez, c'est ça ? »

« Soua, tu es égoïste, avait répondu Gyeonga. Profondément détestable. Jamais je ne choisirai une amie comme toi. J'espère que je ne me comporterai jamais de la même manière avec les autres. »

Moi aussi, j'étais convaincue que je ne prendrais pas n'importe qui comme amie. Cela dit, je dois bien admettre que je n'en avais pas beaucoup. C'est pourquoi sa remarque m'avait mise hors de moi.

« Ce n'est pas tellement que tu as peur de devenir comme moi. C'est surtout que tu ne le *peux* pas. Toi, tu te montres toujours trop gentille et tu acceptes tout. C'est pour ça que les gens ne font que profiter de toi. Continue si ça te plaît tant que ça ! »

Gyeonga avait explosé en sanglots. Moi, j'avais fermé la porte de ma chambre. Et personne n'avait tenté d'entrer de toute la nuit.

Je réalise à présent que cela relève presque du miracle que Gyeonga et moi, malgré nos disputes, soyons redevenues proches.

La dernière année de lycée s'était plutôt bien passée pour ma sœur. Sans que personne lui ait fait la moindre remarque, elle avait constaté par elle-même qu'elle n'était pas faite pour les études et qu'il aurait été ridicule de s'acharner. Tout ça en conservant son éternelle joie de vivre. Elle avait poursuivi ses activités de bénévolat tout en se préparant pour la sélection sur dossier basée sur le mérite. Je n'étais pas hyperconvaincue mais je l'avais aidée à préparer son portfolio. Elle avait fini par intégrer une fac à Séoul, ce qu'elle avait elle-même du mal à réaliser. Elle n'arrêtait pas de dire que c'était grâce à moi. Une reconnaissance à laquelle je ne m'attendais pas, même si j'avoue que ça m'avait fait plaisir.

« Si, je t'assure. Sans toi, je n'aurais jamais réussi. Mes bulletins sont médiocres, et la lettre de motivation que j'avais écrite ne ressemblait à rien. Heureusement que tu étais là pour la corriger. »

Je me souviens d'avoir ainsi découvert qu'elle n'avait aucune confiance en elle. Je n'étais pour rien dans la qualité ni dans la quantité de ses activités bénévoles. Elle avait rédigé elle-même tous ses rapports d'expérience. Je n'avais fait que suggérer un autre système d'organisation et corriger une ou deux phrases ainsi que quelques coquilles. Être incapable d'apprécier son propre travail à sa juste valeur constituait à mes yeux un véritable problème.

« Si tu continues de raisonner comme ça, tu vas perdre à tous les coups. C'est toi qui as préparé ce dossier, et tu l'as très bien fait. Tu ne vas pas prendre l'habitude de travailler pour les autres et de dire que tu n'y es pour rien. C'est insupportable. »

Je m'étais montrée sévère, parce que je ne pouvais m'empêcher de penser que j'étais en partie responsable du manque de confiance de Gyeonga. Si, pour ma part, on m'avait constamment comparée à elle, la fille douce et belle, elle avait également dû supporter d'être la sœur de l'une des meilleures élèves du collège, aussi sérieuse que déterminée – bien qu'il soit gênant de parler ainsi de soi-même. Il était facile pour moi de dire que je n'y pouvais pas grand-chose si je n'avais pas un joli visage. Elle, en revanche, devait s'en vouloir de ne pas faire suffisamment d'efforts. Je ne sais pas si elle avait fini par comprendre ce que je voulais dire, elle avait simplement répondu : « Merci, Soua. »

Dès que j'avais pu, je lui avais fait visiter Séoul. Son admission ayant été validée, elle avait plus de temps libre que moi qui suivais des cours. Le centre commercial, le quartier piétonnier d'Insa, le musée d'art contemporain Daelim, le parc d'attractions Lotte World, la vie nocturne de Hongdae, ma fac, la sienne... il y avait tant d'endroits où se promener, mais le temps manquait inexorablement.

Nous avions commencé par nous rendre chez le coiffeur, comme le font toutes les filles à la sortie du lycée. Je m'étais débrouillée pour soutirer de l'argent à mon père, prétextant que c'était pour Gyeonga. Nous étions allées dans un salon près de l'université pour femmes Ewha afin de nous faire couper les cheveux. J'étais passée par cette étape un an plus tôt. Les filles ont pour habitude de se faire faire une permanente juste avant l'entrée à l'université. Généralement, le résultat est catastrophique. J'avais insisté auprès de la coiffeuse pour qu'elle fasse à Gyeonga de grandes boucles résistantes afin qu'elles durent au moins plusieurs mois. Je dois bien admettre que ce n'était pas très sympa de ma part. Je voulais qu'elle conserve longtemps le souvenir de cette « première coupe d'après le lycée ».

Évidemment, cette nouvelle coiffure lui allait à merveille. C'était prévisible. Je me sentais stupide.

— Waouh ! C'est magnifique ! s'était exclamée l'employée à la caisse. Je peux prendre une photo de toi, grande sœur ?

Gyeonga s'était tournée vers moi :

— Soua, c'est vrai que ta coupe est très réussie. Tu as beaucoup de chance.

Quelle idiote ! C'est à toi qu'elle parle ! Elle pense que tu es l'aînée. Mais je n'avais rien dit. J'avais juste réglé la note et j'étais sortie. Gyeonga, elle, était restée encore un long moment à l'intérieur.

SOUTIEN ET RÉCONFORT

Tandis que je prends mon petit déjeuner après ma séance de sport matinale, je reçois un message d'excuse de la part de Potarde. Elle ne pensait pas que la nouvelle se répandrait aussi vite. Je lui demande seulement de ne pas en dire davantage afin de ne pas empirer la situation. Elle devrait comprendre.

Potarde m'avait affublée du surnom de Souadiote pour tourner en dérision mon fort caractère. Les gens ont toujours tendance à rire des choses dont ils ont peur.

Quand nous étions en première année de lycée, il y avait une fille particulièrement méchante dans notre classe. Le cliché de la fille mauvaise et agressive, comme on en rencontre une fois ou deux au cours de sa scolarité. Elle jouait en permanence avec son fingerboard, une sorte de mini-skateboard que l'on manie avec les doigts. Elle adorait le faire rouler sur la tête des autres élèves. Vers la fin du premier semestre, elle utilisait systématiquement celle de ma voisine de cours, une fille petite et chétive, comme skatepark.

Cela remonte à plusieurs années. Si je me souviens de tout si précisément, c'est parce que des pans entiers de ma situation du moment se sont retrouvés intimement liés à cet incident. Un peu comme dans ce conte populaire où chacun des objets

– paillasson, fumier, meule de pierre, tas de charbon… – contribue à attraper le voleur. Très enrhumée, j'étais également stressée par les examens que nous nous apprêtions à passer. Je n'en pouvais plus de devoir supporter Fingerboard qui venait nous voir à chaque pause entre deux cours. Un liquide visqueux coulait sans cesse de mes narines, et mes yeux étaient tellement gonflés que ma vue était brouillée. Assise de travers sur mon bureau, Fingerboard s'était mise à faire rouler son jouet stupide sur la tête de ma voisine tout en bavardant joyeusement avec d'autres élèves. Si elle n'avait pas posé ses fesses pile sur mon paquet de mouchoirs, j'aurais peut-être réussi à étouffer ma colère. Au lieu de quoi je lui avais asséné un flot d'injures – sans me souvenir exactement lesquelles – en me levant brusquement. Fingerboard avait perdu l'équilibre, et mon bureau s'était renversé, faisant tomber son jouet par terre. En se relevant, non sans peine, elle avait marché dessus. Résultat des courses : un coccyx fêlé et l'incapacité à se rendre au lycée pendant plusieurs jours.

Jusqu'à présent, sa mère s'était montrée suffisamment indifférente au problème pour la laisser venir en cours avec des jouets et maltraiter ses camarades. Mais lorsque Fingerboard s'était retrouvée blessée à cause de quelqu'un d'autre, elle avait soudainement retrouvé un regain d'intérêt, sans aucune intention de rester les bras croisés. Dès le lendemain, elle s'était précipitée au lycée. Personne n'aurait pu imaginer qu'un jour je sois convoquée pour violence scolaire. « Quoi ? Lim Soua ? C'est elle qui a frappé ? Vous êtes sûre que ce n'est pas le contraire ? Je n'arrive pas à le croire… », disaient les professeurs. La mère de Fingerboard, elle, sautait au plafond et hurlait : « Cette ordure a poussé mon enfant ! » Pendant ce temps, je tentais de réprimer mes éternuements, les mains jointes devant moi et la tête baissée. Mon nez plein de morve me démangeait atrocement, et mes yeux étaient tout rouges. Aucun des professeurs présents dans la salle ne prenait au sérieux les dires de la mère. Comment Fingerboard, qui était deux fois plus grande que moi, pouvait-elle être tombée sous mes coups ? Mais sa mère n'en démordait pas, et cette étrange réunion n'en finissait pas. Fallait-il organiser un conseil de discipline? Les échanges fusaient à travers la pièce. Moi, je ne voyais plus que le filet de morve qui s'allongeait au bout de mon nez. Mes épaules s'étaient mises à trembler, et le liquide visqueux avait fini par atterrir sur mes chaussures. Dans un sursaut, j'avais reniflé, provoquant un bruit effroyable.

Dès lors, la situation n'avait plus jamais été la même.

Tel était le récit que j'en faisais.

Tout le monde adorait cette histoire digne d'un manhwa. Mes camarades de classe, notamment, en raffolaient: la meilleure élève du lycée avait accidentellement rembarré l'une des plus méchantes, et la façon dont elle avait échappé à la punition était aussi drôle qu'un comics. Potarde était la seule à ne pas être complètement dupe. Elle m'avait vue pousser mon bureau en me levant et ne croyait pas que j'aie pu laisser se répandre sur le sol de la salle des profs un immense filet de morve. Moi qui ne laissais entrevoir aucune de mes faiblesses, imperturbable en toutes circonstances, mais qui savais pleurer à chaudes larmes en cas de nécessité. Potarde disait que je lui faisais peur, même si elle m'aimait bien. Pour ma part, j'appréciais son esprit vif.

Elle m'avait demandé à plusieurs reprises comment j'avais réussi à faire ça. Elle cherchait à m'impressionner: « Tu te rends compte si elle s'était aperçue que tu l'avais fait exprès? Vu comme elle est redoutable, tu aurais pu avoir de graves problèmes. » Je ne répondais jamais rien. Non pas parce que j'avais mauvaise conscience, mais parce que je n'avais pas grand-chose à dire. Pour moi, ça avait été facile. Il suffit de bien observer son ennemi et d'attendre le bon moment. Ensuite, il ne reste plus qu'à agir.

Plutôt en forme, j'ai réussi à rester concentrée toute la journée. La séance de groupe s'est bien passée. J'ai eu de bons retours de la part des autres membres. Ce soir, au café, c'est grande sœur qui est de service. J'ai droit à une consommation gratuite.

Afin de ne pas être distraite, je n'ai pris que mes affaires de travail. Ni le téléphone de sauvegarde ni mes notes ne m'ont semblé indispensables. Ce soir, j'ai prévu de ne faire qu'une petite chose dans le cadre de mon enquête.

Je cherche dans mon portable la photo que j'ai prise du sachet de médicaments datant d'il y a deux mois. Puis je cherche sur mon ordinateur l'adresse indiquée dessus et clique sur l'image satellite correspondante. Il s'agit d'un immeuble regroupant plusieurs cabinets médicaux: une pharmacie au rez-de-chaussée, un cabinet de médecins généralistes au premier étage et un cabinet de gynécologues-obstétriciens au deuxième. Gyeonga a dû se rendre dans l'un d'eux, si ce n'est dans les deux. Je note les horaires d'ouverture et cherche s'il y a d'autres médecins aux alentours. Le généraliste le plus proche est à trois cents mètres et le gynécologue à quatre cents mètres.

— Tu fais quoi?

Je sursaute et retire mes écouteurs. Grande sœur a le nez collé à mon écran.

— Tu m'as fait peur! J'étais à deux doigts de jurer.

— Eh ben vas-y! Pour une fois.

Pourquoi me dit-elle ça? Je la défie du regard puis laisse échapper un rire.

— Détrompe-toi, je suis foutrement douée en gros mots.

— Nom de Dieu! «Foutrement»? C'est une drôle d'expression pour une future professeure. Tu me fais foutrement peur.

Je referme mon ordinateur et le glisse dans mon sac.

— Tu pars maintenant? Je pensais te raccompagner après la fermeture. Tu m'attends?

— C'est pour me proposer un verre?

— Comment tu as deviné?

— Si tu savais à quel point tu es prévisible.

Elle pouffe.

— Et toi, tu crois que tu ne l'es pas?

— Je passe bientôt les oraux.

— Donc, si je résume, tu as le temps de surfer sur internet mais pas de prendre un verre avec moi ?

Qu'est-ce que je peux bien lui répondre ? Je me lève et attrape mon sac.

— Tu as avancé un peu dans tes recherches ?

Je secoue lentement la tête pour lui montrer qu'il me manque encore plein d'éléments, comme un aveu de faiblesse.

— J'ai vu les journaux, finit-elle par lâcher après une longue hésitation.

Je la fixe droit dans les yeux et continue de secouer la tête pour qu'elle évite d'aborder le sujet. Pour qu'elle ne juge ni ma sœur ni moi d'après les articles qu'elle a lus.

— Tu ne veux pas en parler ?

Soudain, la musique de fond s'arrête. La nouvelle employée a dû toucher la chaîne par erreur. Je stoppe moi aussi mon mouvement de tête. Alors qu'elle devrait se précipiter pour aller voir ce qui se passe dans la salle du personnel, grande sœur reste assise devant moi sans cesser de m'observer.

— Qu'est-ce qui te plaît chez moi ?

Ma question jette un froid. Incapable de répondre, elle me fusille du regard, du genre : « T'es dingue ! Qu'est-ce que tu racontes ? » Pour ma part, je me gratte distraitement l'arrière du crâne comme pour dire : « Si je me trompe, je me trompe. Rien de grave. » Depuis que je suis toute petite, chaque fois qu'on me manifeste de la sympathie, je fais en sorte de tout saborder. Quand les gens se montrent gentils avec moi, je m'en rends rapidement compte. J'en profite un peu, puis j'attends le moment propice pour balancer un uppercut : « Qu'est-ce que tu peux bien trouver à une fille comme moi ? » Grâce à cette question, une amitié naissante, encore fragile se transforme rapidement en animosité. « Je n'ai jamais dit que tu me plaisais ! Non, mais ça va pas ? Tu serais pas un peu mégalo, des fois ? »

Je lance toujours cette question pour que l'autre se détache doucement de son plein gré. Même si je suis aussi réellement curieuse de connaître la réponse. « Pourquoi je te plais ? Il y a plein de gens très bien, tous plus charmants les uns que les autres, non ? Je ne suis pas particulièrement belle. Je ne dégage ni chaleur ni lumière, pas vrai ? Si j'étais toi, je me tournerais plutôt vers des êtres plus intéressants. »

Cette fois-ci n'échappera pas à la règle. Du moins, c'est ce que je pense.

— Je croyais que moi aussi, je te plaisais un peu, finit par répondre grande sœur.

Qu'est-ce que ça veut dire ? Elle ne répond pas à ma question. J'essaie de ne pas laisser transparaître mon trouble. Donner l'impression d'être faible, c'est une chose ; dévoiler ses points faibles, c'en est une autre. Je n'ai aucune envie de rentrer dans ce jeu.

La musique reprend. La jeune employée a dû s'en sortir toute seule.

Grande sœur appuie son menton sur une main et poursuit :

— T'es pas d'accord avec moi ? Toi aussi, tu m'aimes bien, non ?

Je n'ai jamais réfléchi à ça. Sans même la saluer, je sors précipitamment du café et cours jusqu'au dortoir.

PRIORITÉ

Je lui ai déjà dit : ça ne me semble pas être le plus important en ce moment. Le contexte et le sens de mes mots étaient totalement différents quand je les ai prononcés la première fois mais, à présent, cette phrase résonne dans ma tête. Ce dont je dois m'occuper est bien plus important. Même si je ne sais pas trop de quoi il retourne exactement.

Dès la première sonnerie du réveil, je saute du lit et monte sur le toit. J'appelle le numéro avec lequel l'anonyme m'a contactée hier. Personne ne répond. Soit il est trop tôt, soit il a utilisé un téléphone public. Si c'était moi, je n'aurais pas pris le risque de laisser mes coordonnées à quelqu'un qui menace à chaque instant de me dénoncer à la police. Il est donc tout à fait probable qu'il s'agisse du numéro d'une cabine. Sans trop y croire, je tente encore. Cette fois-ci, l'anonyme décroche aussitôt.

— J'ai quelque chose à vous demander.

Je fais l'impasse sur les salutations d'usage. Ni bonjour ni allô. Inutile de faire semblant. Je poursuis :

— Vous n'avez pas été très clair. Si vous avez utilisé le portable de Gyeonga pour prévenir les urgences avant de rejoindre votre véhicule, cela signifie que vous l'avez touchée, n'est-ce pas ?

— Oui, je l'ai sortie de la voiture.

Je me représente facilement la scène : un homme ouvre la portière, prend Gyeonga dans ses bras pour la sortir, trouve son téléphone et appelle les secours.

— Pourquoi n'avez-vous pas plutôt téléphoné à la police ?

— C'est que...

Un horrible bruit traverse le combiné jusqu'à mon oreille. On dirait le gémissement de quelqu'un qu'on étrangle. Il n'est quand même pas en train de pleurer ? Je n'ai aucune envie d'imaginer un truc pareil.

— Je pensais qu'il était encore temps de sauver Gyeonga.

— Vous pensiez qu'il était possible de sauver une personne d'une intoxication au monoxyde de carbone en la laissant en plein air ? En plein hiver ?

Je tente de le ramener à la raison.

— Le propriétaire du véhicule a bien survécu, lui... répond-il lentement d'une voix étouffée.

Je note cette phrase dans ma tête et la surligne plusieurs fois. Le propriétaire de la voiture est donc vivant. Et il y était en même temps que Gyeonga. Est-ce que cela signifie que les types à casquette l'ont sorti du véhicule en laissant ma sœur à l'intérieur ? Si c'est le cas, c'est insupportable.

— Qu'est devenue la voiture ?

— Je crois qu'elle a été envoyée à la casse.

Je respire profondément. Le bruit de mon souffle résonne à mes oreilles.

— Si vous aviez appelé la police plutôt qu'une ambulance, que se serait-il passé ?

L'anonyme est incapable de répondre. Je raccroche.

Dans une situation d'extrême nécessité, prévenir les policiers ou les urgences revient à s'occuper en priorité de la victime ou du coupable. L'objectif des ambulanciers est de dégager au plus vite le blessé afin qu'il soit hors de danger, de lui porter les premiers secours, puis de le transférer à l'hôpital le plus proche. Les policiers, quant à eux, se mettent immédiatement à recueillir les pièces à conviction et à étudier la scène de crime.

Si l'anonyme avait téléphoné aux policiers, ceux-ci auraient appelé une ambulance une fois sur les lieux. La voiture dans laquelle est montée ma sœur n'aurait pas été détruite et le propriétaire aurait été entendu. Si seulement l'anonyme était resté sur place au lieu de suivre Gyeonga aux urgences...

En même temps, je me demande comment moi, j'aurais agi? Aurais-je réussi à réprimer la peur que les types à casquette ne m'attrapent et me jettent dans le fleuve? À quoi l'anonyme a-t-il bien pu penser quand il est descendu de voiture, s'est précipité pour sortir Gyeonga, est retourné à son véhicule et a attendu l'arrivée de l'ambulance?

Une chose est sûre: s'il avait d'abord prévenu la police, l'arrivée de l'ambulance aurait été retardée. Et Gyeonga – même si le résultat aurait été le même – aurait eu moins de chance d'être sauvée.

Je me sens bizarre. J'ai l'impression que l'anonyme et moi sommes aux antipodes l'un de l'autre. Lui raisonne comme les urgentistes; moi, comme la police. L'un ne pense qu'à sauver Gyeonga, oubliant tout le reste; l'autre ne pense qu'à trouver le coupable et à le tuer. Cela dit, cette différence est sans doute due au fait qu'il était sur place, alors que moi, je n'ai appris que bien après ce qu'il s'était passé.

Je réalise trop tard que j'ai oublié de lui poser une question: comment s'était-il retrouvé là et pourquoi?

Je retourne dans ma chambre et allume le téléphone de sauvegarde. Une nouvelle notification: des messages privés du rappeur. En les lisant, mon angoisse cède la place au soulagement.

Jamais je ne t'aurais crue capable d'inventer une fake news pareille!
Tu ne réponds pas au téléphone.
Tu t'es disputée avec Haegyeong?
Lui n'arrête pas de me dire qu'il n'est au courant de rien.

S'ensuivent une dizaine de messages au sujet d'une soirée à venir, du mix d'un DJ, etc. Un flow ininterrompu de paroles, digne d'un rappeur. Mais ce sont surtout de précieuses informations. Le dernier message a été envoyé à 3 heures du matin. Sans réponse, il a dû finir par laisser tomber.

Durant ma séance de sport matinale, je tente de mettre un peu d'ordre dans mes idées plutôt que d'écouter une nouvelle leçon.

Pour le moment, le rappeur pense que Gyeonga n'est pas morte. Après tout, rien n'a été publié au sujet des circonstances de sa disparition, et peu de personnes sont venues aux funérailles. Tout peut laisser croire qu'elle est vivante. Vu l'insistance de ses messages, il devait être proche de ma sœur. Le fait qu'il ait fait allusion à une tierce personne, Haegyeong, est la preuve qu'il l'était réellement. Ils appartenaient à la même communauté ou à un même cercle d'amis. Par ailleurs, si le rappeur pense que Haegyeong devrait en savoir plus que lui, c'est donc que Gyeonga était plus proche de celui-ci que du rappeur lui-même. La phrase: « Lui n'arrête pas de me dire qu'il n'est au courant de rien » laisse la porte ouverte à toutes les interprétations. Déjà, cela signifie que le rappeur l'a questionné au moins deux fois. En plus, je trouve étrange que ce dénommé Haegyeong ait inlassablement répondu « Je ne suis au courant de rien » pour parler de la mort d'une amie. Certes, je ne sais pas à quelle fréquence ni combien de fois le rappeur lui a posé la question, mais la réponse montre clairement qu'il fait tout pour ne pas y répondre *vraiment*. Plusieurs possibilités : 1 – Haegyeong s'est disputé avec Gyeonga avant sa mort. 2 – Il sait quelque chose au sujet de sa disparition, mais il ne veut pas en parler. 2 *bis* – Il ne veut pas en parler parce qu'il est lui-même impliqué dans sa mort. 3 – Il n'est réellement au courant de rien.

Quelle que soit la vérité qui s'y cache, cette réponse mérite que j'enquête de plus près.

Mon cœur bat à tout rompre. Je ne sais si c'est à cause d'un mauvais pressentiment ou de la course que je suis en train de faire. Pour donner raison à la deuxième hypothèse, j'accélère le rythme. L'angoisse ne disparaît pas pour autant. Mais, au moins, j'ai trouvé une explication à l'augmentation de mon rythme cardiaque.

— Tu as du mal à te concentrer, Soua?

La séance de travail en groupe se déroule toujours très studieusement. Si l'un des membres me pose cette question, c'est que je dois être vraiment nulle. Je dois bien admettre que je suis incapable de me concentrer. Après avoir longuement réfléchi à l'endroit où travailler - au dortoir ou au café - en pesant le pour et le contre, j'ai finalement opté pour le second en me disant que j'avais une chance sur deux pour que grande sœur soit absente. Si elle avait été là, j'avais prévu de faire demi-tour. Constatant son absence, je me suis installée à une table et j'ai rejoint la séance. Mais voilà qu'à 21 heures elle est apparue. Elle s'est assise dans mon champ de vision, le menton appuyé sur une main, et, depuis, ne cesse de me fixer. Je ne peux pas quitter le groupe de travail, mais je ne peux pas non plus faire comme si elle n'était pas là. J'ai l'impression que mon esprit est coupé en deux.

— Je suis désolée.

— Je crois qu'on est tous un peu fatigués. Ça ne vous dirait pas de finir vingt minutes plus tôt? propose celui qui passe le concours pour la troisième fois.

Tout le monde est d'accord. Je me sens en effet vraiment désolée d'avoir gâché cette séance. J'envoie à chacun un lien vers la page d'accueil du café mettant à disposition des espaces de travail que j'ai repéré l'autre jour.

— Avant de nous quitter, je vous envoie le site de l'endroit où nous pouvons nous retrouver ce week-end. Vous y trouverez l'adresse. Est-ce que vous êtes libres samedi et dimanche après-midi? J'ai réservé une salle de 14 heures à 17 heures pour les deux jours.

— Je ne suis pas sûre pour dimanche... répond prudemment la candidate qui, comme moi, se présente au concours pour la première fois.

L'étudiante qui le passe pour la quatrième fois la coupe en plein milieu de sa phrase :

— À moins qu'il ne soit question de vie ou de mort, tout le monde doit venir. Il ne reste plus que quinze jours avant les oraux.

— C'est le mariage d'une amie. Je ne sais pas trop quoi faire... C'est compliqué. C'est la première fois qu'un de mes proches se marie.

Le candidat qui se présente pour la troisième fois vient en renfort.

— Tant que ce n'est pas toi qui te maries, inutile d'y aller. Tu es face à un cas d'extrême urgence. Si ton amie insiste, c'est elle qui est égoïste. Mariage ou enterrement, les autres doivent se montrer compréhensifs.

Au mot « enterrement », je me réveille soudain. J'ai l'impression qu'une lame a traversé mon cœur. Bien que l'étudiant ait raison, je ne peux m'empêcher de me sentir mal à l'aise.

— OK. Je serai là dimanche.

— Excellente décision ! s'exclament en chœur les deux autres.

Pour ma part, je m'inquiète un peu pour la première. Envisageait-elle vraiment de ne pas se rendre au mariage de son amie ou a-t-elle pris cette décision sous la pression des deux autres ? *Après tout, peu importe. J'ai déjà suffisamment de problèmes comme ça à gérer.* Je referme mon ordinateur et me dépêche de quitter le café. À peine ai-je fait quelques pas dans la rue que j'entends la clochette de la porte retentir de nouveau derrière moi. C'est grande sœur.

— Lim Soua.

Je continue de marcher sans me retourner.

— Soua ! m'appelle-t-elle de nouveau en haussant la voix. Tu pars à cause de moi ?

En entendant la forme interrogative de sa phrase, je suis à

deux doigts de faire volte-face. Je me déteste. Je parviens à conserver mon calme, non sans peine.

— Ne fais pas attention à moi. Tu peux travailler comme si je n'étais pas là.

Elle ne se tait donc jamais! Fidèle à moi-même comme elle l'est à elle-même, je poursuis mon chemin en l'ignorant, elle qui continue de dire tout ce qu'elle a à dire, se fichant complètement que je ne l'écoute pas. Heureusement, la rue est déserte. *Tu crois que je peux m'intéresser à toi? À quelqu'un qui dévoile sans fard ses sentiments sans se demander ce que ça me fait, ni ce que j'en pense?*

— Tu es «foutrement» séduisante. C'est pour ça que je t'aime bien.

J'ai dépassé le lampadaire. Même si elle ne doit pas bien me voir, elle crie toujours. J'ai envie de m'enfuir en courant mais, si je le fais, ce sera la preuve que j'ai tout entendu et que j'en suis troublée. Je conserve donc une allure régulière. En me disant qu'elle n'a vraiment pas choisi le bon moment.

Avant de rejoindre le dortoir, je passe un coup de fil à l'anonyme. Il décroche à la première sonnerie.

— Vous feriez mieux de ne pas m'appeler, me dit-il. Si vous avez besoin de me contacter, envoyez-moi un message. Et pensez bien à effacer systématiquement nos échanges.

Après avoir lâché ces mots à toute vitesse sans prendre le temps de respirer, il raccroche. Aussitôt, le téléphone de sauvegarde émet un bip au fond de mon sac: message de l'anonyme.

De quoi vouliez-vous me parler?

Je réponds tout en montant les marches menant à mon dortoir.

Saviez-vous que Gyeonga prenait des antidépresseurs?

Dans l'escalier, mon épaule frôle quelqu'un. C'est ma voisine. Tandis que je baisse la tête en guise de salutation, elle s'écarte brusquement en me fixant de ses yeux noirs. *C'est quoi ça ? Tu crois que c'est une manière de dire bonjour aux gens ? Rappelle-moi qui cherche qui ?* Je la regarde du haut des marches, avant de lire la réponse de l'anonyme.

Je sais qu'elle a vu un psychologue.
C'est d'ailleurs moi qui lui ai conseillé de le faire.

Si Gyeonga avait suivi ses recommandations, c'est donc qu'elle se confiait à lui. Cela signifie aussi qu'elle traversait des difficultés suffisamment graves pour qu'elle ait besoin de consulter un spécialiste. J'ai l'envie irrépressible de lui demander pour quelles raisons elle avait choisi de se confier à lui plutôt qu'à moi, sa sœur, ou à ses amies proches. Mais, pour l'heure, il est plus important de lui soutirer tout ce que Gyeonga avait bien pu lui dire.

Dites-moi ce que vous savez sur ce qui est arrivé à ma sœur il y a six mois.

J'entre dans ma chambre et m'assois à mon bureau. La réponse de l'anonyme tarde à arriver. Les points de suspension sont affichés, indiquant qu'il est en train d'écrire. Quelle histoire rocambolesque est-il en train de rédiger pour que ça prenne autant de temps ? Je m'impatiente, à la fois irritée et angoissée, quand le message tombe enfin.

Il ne s'est rien passé de spécial.

Vous plaisantez ?!

Il n'était pas en train de rédiger un long message. Il hésitait juste à me dire ce qu'il savait, écrivant puis effaçant ses mots.

Monsieur, je ne sais pas quel est votre plan mais, à présent, nous sommes complices.
C'est vous qui m'avez entraînée dans cette histoire.
Je ne crois pas que ce soit le bon choix de ne pas tout me dire.

Vous allez m'aider?

Il n'est pas question d'«aider».
C'est moi qui fais le boulot.
Je dois donc savoir ce qui est arrivé à Gyeonga.
Je pense en avoir le droit.

Les points de suspension se remettent à apparaître et à disparaître. C'est long. Je laisse la messagerie en arrière-plan et fais des recherches sur le rappeur. Je me souviens que je voulais faire une recherche sur Haegyeong.

S'ils sont amis, il est probable que ce dernier soit lui aussi dans le showbiz. Je cherche d'abord sur les réseaux sociaux. Je trouve un compte au nom de Cha Haegyeong. L'image de son profil est une photo en noir et blanc d'un jeune homme aux traits délicats dans le clair-obscur. En guise de présentation, il est écrit: acteur. Gyeonga suivait son compte, et vice versa. Sous l'une de ses dernières publications figure un commentaire du rappeur. Il ne fait donc aucun doute qu'il s'agit du bon Haegyeong. Il doit y avoir autre chose à son sujet, j'en suis quasiment certaine. Je lance une recherche à son nom dans mon navigateur.

Cha Haegyeong (nom de naissance: Lee Junseo)

— J'y crois pas... Ça y est...
Je murmure à haute voix sans en avoir conscience.

SECRETS

Une fois ma séance de travail du matin terminée, je quitte la bibliothèque. Destination : les cabinets médicaux où Gyeonga est susceptible de s'être rendue. Sur le chemin, je m'arrête dans une supérette pour acheter un petit couteau. Maintenant que j'en ai un, je pourrai passer prendre des fruits chez l'épicier ce soir en rentrant. Mais aucun fruit de saison n'a besoin d'être épluché, j'abandonne donc aussitôt l'idée.

J'hésite à commencer par le cabinet du premier étage et me décide finalement pour celui du deuxième. Quand les portes de l'ascenseur s'ouvrent, je découvre un grand hall d'accueil. On a beau être en semaine, il y a pas mal de monde. C'est souvent le cas le vendredi : les gens posent une demi-journée pour se rendre chez le médecin avant le week-end.

— Vous êtes déjà venue ?

— Oui, il y a environ deux mois. Mon nom est Im Riah.

La secrétaire cherche sur son ordinateur puis me sourit.

— J'ai trouvé. Vous voulez bien patienter un instant ?

Je m'installe sur un canapé et cherche de quoi lire. Il n'y a que des livres et des brochures sur la grossesse, les soins à apporter aux nouveau-nés et l'éducation des enfants. Je suis rassurée de savoir que Gyeonga est venue ici. Après tout, c'est l'objectif de ma visite. Au bout d'une quarantaine de minutes, une voix appelle: «Im Riah.» Une infirmière m'accompagne jusqu'à la salle de consultation. Ça me fait bizarre que l'on s'occupe de moi alors que je ne suis pas enceinte. Durant ce court trajet, des pensées de toutes sortes m'assaillent. Pour l'infirmière qui se tient à côté de moi, il ne fait aucun doute que je suis enceinte. Comme les autres patientes, d'ailleurs. Elle doit avoir l'habitude de se montrer prévenante, cela fait partie de son métier. Mais c'est probablement aussi parce qu'elle a lu le dossier médical: elle est convaincue que je suis Im Riah et que j'attends un enfant. À ce stade de ma réflexion, je n'ai qu'une envie: partir en courant. Mais c'est impossible en présence de l'infirmière.

Je prends place face au médecin. L'infirmière quitte discrètement la pièce en prenant soin de refermer la porte derrière elle. Le silence se fait si soudainement que j'ai l'impression d'entendre mes oreilles bourdonner. La musique classique qui remplit le hall ne parvient pas jusqu'ici.

— Comment vous sentez-vous? m'interroge la femme médecin sans cesser de fixer son écran.

Quand elle se tourne enfin vers moi, j'aperçois un léger trouble sur son visage. Difficile de se souvenir précisément d'une jeune femme qu'elle n'a vue qu'une fois deux mois plus tôt. Elle paraît pourtant se demander si je suis bien celle qu'elle a déjà reçue en consultation.

— Je suis la grande sœur de Im Riah.

— Ah...

Je ne saurais dire ce que signifie cette interjection. Un signe de compréhension, un cri de désarroi ou simplement une exclamation? Sans se départir pour autant de son sourire, elle change légèrement de position. Je sors le couteau de ma poche.

— N'appuyez pas sur le bouton d'appel.

Alors qu'elle vient de baisser ses mains sous son bureau, elle les relève brusquement et les pose devant elle, bien visibles. Ses yeux changent d'expression, laissant place à la stupeur. Dans les verres de ses lunettes, j'aperçois le reflet d'une jeune femme tenant un couteau contre son cou, comme s'il s'agissait d'un violon. J'ai du mal à me reconnaître.

– Je sais que je suis sur le point de vous demander quelque chose d'aberrant mais j'ai besoin que vous me disiez tout ce que vous savez sur ma sœur. Était-elle enceinte ?

– Je vous rappelle que si vous avez l'accord écrit de la patiente, vous pouvez consulter son dossier. Vous n'avez pas besoin de prendre des risques inutiles.

– Ma sœur est morte.

La médecin hésite quelques secondes avant de déclarer d'une voix tremblante :

– En cas de décès, il suffit de prouver votre lien de parenté. Grâce au livret de famille par exemple.

– Oui, pour avoir accès au dossier médical, bien sûr. Mais ce qui m'intéresse, c'est ce qu'elle vous a dit. Pourquoi est-elle venue ici ? Avec qui ? Je vous en supplie, dites-moi tout ce dont vous vous souvenez.

Je rapproche le couteau de mon cou. La lame tranchante effleure mon menton chaque fois que je parle.

– C'est extrêmement urgent. S'il vous plaît, aidez-moi !

La médecin soupire profondément.

– Cela relève du secret médical. Vous savez que je n'ai pas le droit de le dévoiler sans l'accord du patient ou une dérogation. Cela constitue un délit. Toutefois, puisque vous dites qu'il s'agit de votre sœur et qu'elle est décédée, je veux bien vous confier ce que je sais. Même si je n'ai aucune preuve de ce que vous avancez...

Tournant son regard vers l'écran, elle relit le dossier de ma sœur et semble fouiller dans sa mémoire.

– Quand elle est venue me voir, j'ai déterminé qu'elle était dans sa troisième semaine de grossesse. Je lui ai conseillé de faire une prise de sang pour le vérifier, mais elle a refusé. Je lui ai alors demandé si, selon elle, il était possible qu'elle soit enceinte. Elle n'a pas su me répondre. En fait, elle avait d'abord eu rendez-vous au cabinet médical du premier étage avec un médecin généraliste. C'est lui qui me l'avait adressée. Elle était venue me voir sans se douter de rien. Elle m'a répété ce qu'elle avait probablement expliqué au généraliste : elle était très fatiguée et avait des règles irrégulières. Quand la patiente est en âge de tomber enceinte, on a pour habitude de demander la date du dernier rapport sexuel.

Je m'imagine Gyeonga en train de grimper les marches menant au deuxième, secouant légèrement la tête.

— Alors ?

— Elle m'a dit que cela remontait à une dizaine de jours, mais qu'elle avait alors ses règles. Elle m'a également confié qu'elle saignait depuis quarante-huit heures et qu'elle se demandait si ça n'était pas de nouveau ses menstruations. Je lui ai expliqué que s'ils n'avaient pas utilisé de moyen de contraception, il y avait de fortes chances pour que ce soient des saignements dus à la nidation, mais que le flux devait être moins important que d'habitude. S'agissant d'un début de grossesse, je lui ai conseillé d'attendre une semaine pour faire un test d'urine puis de revenir me voir. C'est là qu'elle s'est mise à pleurer.

Je me représente la scène comme si j'y étais.

— Étant donné la situation, je vais tout vous dire... Elle avait vingt-deux ans, elle est venue seule et n'avait jamais songé à avoir un enfant. Vous devez comprendre sans peine l'état dans lequel elle était. Il nous arrive de recevoir des jeunes filles encore plus jeunes que votre sœur. Ce n'est pas rare. Nous pratiquons des opérations dans notre clinique... Vous voyez de quoi je veux parler ?

— Oui.

— Vous n'êtes pas en train d'enregistrer ?

— Ne vous inquiétez pas. Comment voulez-vous que j'enregistre quoi que ce soit avec une main tenant un truc pareil ?

— C'est vrai.

Elle s'enfonce dans son fauteuil et poursuit :

— J'avais peur qu'il ne soit trop tôt pour parler de ça avec elle. Je craignais que ça ne fasse qu'augmenter sa panique. Je lui ai donc parlé d'une association à l'étranger qui fournit des médicaments pour avorter. Et j'ai insisté pour qu'elle revienne me voir une semaine plus tard.

– Mais elle n'est pas revenue.

– Non.

– Quoi d'autre ?

– Elle m'a demandé de lui prescrire des médicaments contre le rhume, parce que c'est ce qu'elle croyait avoir. Je lui ai rédigé une ordonnance de compléments alimentaires : fer, vitamines et minéraux. Ne croyez pas que j'aie cherché à la tromper. C'est ce que je donne toujours à mes patientes en début de grossesse.

Sauf que Gyeonga ne les a pas pris.

Tout en laissant la lame du couteau posée contre mon cou, je me lève et me dirige vers la porte sans la quitter du regard.

– Merci de m'avoir répondu. Je sais que ma demande était compliquée.

– Ce n'est pas grave.

Je la salue de la tête, me tourne vers la porte et attrape la poignée quand elle me dit une dernière chose :

– Je comprends ce qui vous a poussée à faire ça. Je vais demander à la secrétaire d'effacer la trace de votre visite. Inutile de payer en partant. Après tout, vous n'avez pas eu de contrôle médical.

– Merci.

– Je ne dis pas ça pour que vous me remerciiez. Pour être franche, je préférerais que vous ne reveniez pas. Et que vous ne répétiez à personne ce que je vous ai dit.

Je range le couteau dans ma poche et m'incline pour la saluer le plus cordialement possible.

Dans le couloir, des affiches encouragent les femmes à tomber enceintes : « Mon bébé, tu es le plus grand miracle de ma vie », « Offrez à votre enfant le meilleur que vous puissiez lui donner »... Je mentirais si j'affirmais que je ne ressens aucun trouble.

Au début, Gyeonga était connue pour être une fille belle et gentille mais sa popularité restait encore très circonscrite : école, quartier, association, église… Environ deux ans plus tôt, une photo d'elle prise lors de ses activités de bénévolat avait commencé à circuler sur internet, ce qui lui avait permis d'obtenir une renommée nationale. Tout le monde s'était mis à l'appeler « la reine des bénévoles ». Car non seulement elle était magnifique, mais en plus elle avait un cœur en or. Cette photo avait fait figure de révélateur et, rapidement, d'autres avaient suivi : dans plusieurs régions lors d'une catastrophe, dans des refuges pour animaux… Le fait que Gyeonga ait consacré plus de mille heures de son temps à des activités bénévoles avait également alimenté les racontars. Certains voyaient d'un mauvais œil cette popularité soudaine et n'hésitaient pas à publier des commentaires du genre : « Cette fille plutôt jolie ne cherche rien d'autre qu'à faire le buzz sur internet pour devenir célèbre. » Finalement, c'étaient les commentaires en réaction à ce type de remarques injurieuses qui avaient permis à Gyeonga d'être encore plus connue pour ses engagements. Elle avait ainsi donné quelques interviews dans la presse. Elle n'était pas très douée pour parler d'elle, mais les photos étaient réussies. De grandes entreprises lui avaient également proposé des partenariats, que Gyeonga avait chaque fois acceptés.

Du moins, c'est ce que j'ai toujours cru qu'il s'était passé.

Ces boîtes ne demandaient pas grand-chose : distribuer du matériel de secours portant leur logo dans des zones sinistrées, participer à la remise de véhicules au profit d'une association pour handicapés, faire quelques shootings, etc. Disons que c'était donnant-donnant. Après la fac, Gyeonga, comme tout le monde, aspirait à intégrer une grande entreprise. Je ne sais pas si son recrutement futur était déjà prévu dans les contrats qu'elle signait mais il ne faisait aucun doute aux yeux de tous que ces collaborations faciliteraient son embauche.

Gyeonga avait toujours eu l'habitude de se porter candidate pour intégrer une équipe de journalistes ou pour participer à toute autre mission de bénévolat. Si, au début, elle obtenait une réponse favorable dans 30 à 40 % des cas, elle n'avait plus eu besoin de postuler dès qu'elle était devenue « la reine des bénévoles ». On venait directement la chercher. Certes, c'était génial pour elle, mais sans doute pas pour les autres. « Im Riah mérite-t-elle vraiment ce traitement de faveur ? Comment une personne qui confond le "y" et le "i" peut-elle devenir journaliste ? Tout ça n'est-il pas profondément injuste ? » Des posts et des commentaires de ce genre avaient commencé à fleurir sur les pages d'accueil des entreprises concernées et sur leurs réseaux sociaux.

Mais, finalement, beaucoup de bruit pour rien. Toute cette agitation n'avait semblé concerner que les candidats. Personne d'autre n'y avait prêté attention. D'autant que les médisances étaient rapidement étouffées dès que les équipes étaient formées et que les autres participants travaillaient avec Gyeonga. Était-il seulement possible de ne pas l'apprécier une fois qu'on la connaissait ? À moins de détester l'ensemble de l'humanité, je ne crois pas.

Et puis, un jour, une entreprise qui l'avait invitée à rejoindre son équipe de bénévoles avait annulé leur collaboration. À l'époque où Gyeonga commençait à être connue du grand public, cette société lui avait proposé de remettre des ordinateurs à des enfants habitant un village isolé. Depuis, elle était devenue amie avec le chef de projet. Quelque temps plus tard, cet ami avait été chargé de constituer une nouvelle équipe d'étudiants bénévoles. Dès que la liste avait été publiée sur le site de l'entreprise, des commentaires médisants avaient été postés : « Encore Im Riah ? Quelle relation entretient-elle avec le chef de projet ? » Il n'avait pas dû être facile pour celui-ci, qui était réellement ami avec ma sœur, d'ignorer les sous-entendus. Les commentaires malveillants n'étaient pas nombreux mais ils étaient tous passablement désobligeants. Il avait même fallu en supprimer certains : « Il ne se serait pas tapé Im Riah, par hasard ? "Reine des bénévoles"... De quel type de bénévolat parle-t-on *vraiment* ? » Le chef de projet avait fini par la retirer de l'équipe, une manière selon lui de la protéger. Le problème avait ainsi été réglé assez rapidement, mais un nouveau surnom avait été attribué à Gyeonga: « la parachutiste ». Dès lors, chaque fois que son nom figurait dans la moindre liste, tout le monde réclamait son éviction. Et, petit à petit, c'était ce qui avait fini par arriver systématiquement. Gyeonga était devenue le genre de personne que l'on pouvait se permettre de traiter ainsi.

Bientôt, elle n'avait plus reçu aucune proposition. Elle se trouvait dans cette situation six mois plus tôt. Certes, elle avait déjà un nombre impressionnant de missions bénévoles à son actif, de quoi remplir plusieurs pages de CV. Néanmoins, elle avait continué à postuler. Comme tous les autres candidats, elle remplissait le formulaire, joignait son portfolio, préparait quelques vidéos, exactement comme elle le faisait lorsqu'elle n'était pas encore connue. Mais elle n'était plus jamais recrutée. Même lorsqu'il n'y avait pas suffisamment de candidats pour former une équipe, son nom ne figurait pas sur la liste.

Gyeonga avait rencontré l'anonyme dans le centre d'accueil pour handicapés où elle avait démarré ses activités bénévoles lorsqu'elle était au lycée. Elle était très proche de lui. Elle lui confiait tout ce qu'elle n'osait pas dire aux autres. Sa confiance en lui était telle qu'elle lui avait demandé de fermer ses comptes sur les réseaux sociaux si jamais il venait à lui arriver quoi que ce soit. En réalité, les conseils que lui avait dispensés l'anonyme n'avaient rien d'extraordinaire: « Tu es épuisée. Fais une pause et prends le temps d'observer ce qui se passe en toi. Pourquoi n'irais-tu pas voir un psy? Ou faire un voyage? » Franchement, c'était le genre de conseils qui aurait fonctionné avec n'importe quelle fille de son âge: « Vous êtes épuisée. Pourquoi n'essayez-vous pas d'écouter la petite voix qui sommeille en vous? Une consultation chez un psy ou un voyage vous ferait le plus grand bien. » Gyeonga avait suivi fidèlement ces conseils somme toute banals. Elle avait sondé ce qu'il se passait au plus profond d'elle-même et avait compris qu'elle était déprimée. Je crois d'ailleurs que c'était à cette époque qu'elle m'avait proposé de voyager. Elle souhaitait partir avec sa grande sœur mais, comme j'étais totalement obnubilée par la préparation du concours, elle avait dû se rabattre sur le psy.

À la sortie de la première séance, Gyeonga avait immédiatement raconté à l'anonyme comment ça s'était passé. Elle semblait presque heureuse que quelqu'un ait officiellement confirmé son état. À moins que ça n'ait été l'effet des antidépresseurs. « Il m'a dit que j'avais trop tendance à vouloir être aimée. Je crois qu'il a raison. Comment a-t-il pu arriver à cette conclusion alors que nous n'avons échangé que quelques phrases ? C'est incroyable ! »

Quelque temps plus tard, elle avait été conviée à une soirée rassemblant les principaux influenceurs du moment. C'est là qu'elle avait rencontré Lee Junseo. Elle ne s'était pas étendue sur le sujet avec l'anonyme. Elle ne lui avait pas expliqué concrètement ce qu'il s'était passé, ni à quoi ressemblait leur relation. À l'exception d'une chose : Lee Junseo ne souhaitait pas que Gyeonga continue de voir un psy. C'est ainsi qu'elle avait arrêté de prendre son traitement. À l'époque où Gyeonga avait commencé à fréquenter Lee Junseo, l'anonyme, lui, s'était mis à se connecter aux comptes de ma sœur pour surveiller la situation. Elle et Lee Junseo n'utilisaient pas la messagerie. Avant même qu'ils sortent ensemble, Lee Junseo lui avait demandé de créer un profil privé. Visiblement, il ne souhaitait pas qu'il y ait de traces de leurs échanges. À tel point qu'il avait même ouvert une ligne spécifique, dont Gyeonga était la seule à connaître le numéro.

Telles sont en substance les informations que l'anonyme a bien voulu me transmettre.

SÉCURITÉ

Samedi matin. Dispensée de ma séance de sport quotidienne de la semaine, j'en profite pour me lever plus tard.

Comme toujours, mon réveil est sur vibreur. En m'endormant avec mon portable dans une main, je suis certaine de me lever. Quand bien même je le lâcherais durant mon sommeil, ce ne serait pas un problème : mon lit est si petit que la moindre vibration le secoue tout entier.

Cela fait déjà bien longtemps que je ne me souviens plus de mes rêves. Il est 7 h 30. Je sors de ma chambre, passe boire un verre d'eau dans la cuisine et monte sur le toit. J'appelle ma mère.

— Tu dormais ? Excuse-moi, je suis un peu pressée.

— Euh... oui... oui, me répond-elle d'une voix endormie.

— Mon planning de révision est très chargé. Je ne vais avoir du temps qu'aujourd'hui pour m'acheter un tailleur. Tu pourrais me transférer l'argent maintenant ?

— Tu veux que je te fasse un virement ? Je pensais plutôt te donner des bons d'achat à dépenser en magasin.

— Tu les as reçus comme cadeau de Nouvel An ?

Ma mère fait un bruit bizarre. On dirait qu'elle s'étire.

— Non, c'est un ami de Gyeonga qui nous les a offerts. Ça fait déjà un moment.

— Un étudiant qui se balade avec des bons d'achat?

— Il avait l'air d'être assez proche de Gyeonga. Qu'est-ce qu'il m'a dit déjà? Ah oui! Il m'a expliqué que c'était pour me remercier d'avoir appris à Gyeonga à si bien cuisiner.

Lee Junseo. Ma mère l'a donc rencontré. Et il lui a même fait un cadeau.

J'ai du mal à contenir mon énervement. Impossible pour moi de relâcher la pression en ce moment, même au cours d'une simple conversation téléphonique avec ma mère, courte qui plus est. Tandis que je l'écoute, accroupie sur le toit, je trace du doigt les lettres «STRESS» sur mon pantalon en velours. Elles disparaissent aussitôt après être apparues.

— On aurait pu l'appeler pour les funérailles, mais je n'avais pas son numéro. Et surtout, je n'avais pas du tout la tête à ça. Je n'ai même pas pensé à prévenir ses amis.

Je réfrène l'envie de répliquer: «Pour quoi faire? Tu crois que c'était une fête?» Si je me mets en colère maintenant, tous mes efforts pour me contenir vont tomber à l'eau. *Calme-toi... Calme-toi...*

— Maman, le tailleur.

— Oui, bien sûr. Tu veux qu'on passe au magasin aujourd'hui? Ça te permettra de faire un vrai déjeuner pour une fois.

— Je n'ai pas trop le temps. J'ai une séance de travail en groupe cet après-midi. Je comptais me trouver une tenue correcte dans mon quartier.

— Il s'agit d'un achat important. Tu ne peux pas prendre ça à la légère. Il faut que tu trouves des vêtements que tu vas pouvoir porter plusieurs années. Et puis, de toute façon, il vaut mieux que je t'accompagne pour te donner les bons d'achat.

— Tu ne peux pas simplement me faire un virement?

C'est plus fort que moi, j'ai crié. Pourquoi toutes mes discussions avec ma mère se terminent-elles inévitablement de la même manière? Il faut absolument que je rattrape le coup.

— Je suis désolée.

Silence.

— Excuse-moi d'avoir hurlé comme si je réclamais mon dû. Mais je suis vraiment pressée. Je n'ai pas le temps de me disputer avec toi.

— Tu perds ton temps en discutant avec ta mère, c'est ça? finit-elle par lâcher.

— Maman...

— Comment peux-tu dire une chose pareille?

Je n'ai rien à répondre. Je n'ai qu'une envie: tout abandonner. Je l'entends déglutir à l'autre bout du fil.

— Ce n'est pas grave, je vais me débrouiller avec les vêtements que j'ai. Ne t'en fais pas. Pardonne-moi de t'avoir embêtée avec cette histoire dès le matin.

— Gyeonga... Euh non! Soua! Soua!

Elle répète mon nom de peur que je ne raccroche. J'attends quelques instants avant de lancer un bref:

— Oui?

— Je te fais un virement immédiatement. Envoie-moi des photos quand tu seras dans le magasin.

— D'accord. Merci.

Je m'apprête à raccrocher quand une pensée me traverse l'esprit.

— Maman, attends! Ne raccroche pas.

— Très bien, fais-le si tu préfères.

— Non, ce n'est pas ça. Tu m'as dit tout à l'heure qu'un ami de Gyeonga t'avait offert des bons d'achat?

— Oui, il m'a dit que Gyeonga lui avait préparé un plat délicieux. C'était quoi déjà? Ah oui! Un *tteokbokki*. Je ne savais pas qu'elle était douée pour cuisiner.

J'étais sur le point de l'interroger sur le montant exact des bons d'achat, mais ma question n'avait plus aucune importance.

— OK. À plus tard.

Lee Junseo. Putain de connard! Je vais te tuer.

Je te promets que tu n'en as plus pour longtemps.

Gyeonga avait une application sur son téléphone pour le suivi de ses règles. Le genre de calendrier facile d'utilisation pour suivre son cycle menstruel et noter ses rapports sexuels – à condition de le faire sérieusement, bien entendu. Les jours de règles sont identifiés par une goutte rouge, et les rapports sexuels par un cœur. Il y a deux types de cœur : vert pour les rapports protégés ou avec une femme, rouge pour les rapports sans contraceptif avec un homme. Il suffit de sélectionner la date pour écrire également quelques notes. Une sorte de journal intime un peu plus sophistiqué.

Je déroule le calendrier un an en arrière et le passe en revue mois après mois. Le premier cœur est apparu il y a quatre mois. Soit un mois ou deux après avoir rencontré Lee Junseo. *Un peu rapide, non ?* Mais ça n'a plus d'importance, à présent. Un autre cœur apparaît deux semaines après le premier : rouge. Je passe au mois suivant. Une semaine est entièrement remplie de gouttes et de cœurs rouges. Même chose le mois d'après.

Pas une seule fois, Lee Junseo n'a utilisé de préservatif. De peur de tomber enceinte, Gyeonga n'aurait jamais accepté de coucher avec lui sans contraceptif. Lee Junseo lui a sans doute demandé quelle était pour elle la période sans risque, mais Gyeonga ayant un cycle irrégulier a dû lui expliquer qu'il était impossible de le déterminer avec certitude. « Alors pendant les règles, ça ne devrait poser aucun problème, non ? » avait-il vraisemblablement répliqué.

En quatrième année de fac, au cours d'un stage dans un lycée pour garçons, j'avais découvert qu'en argot le mot « tteokbokki » était utilisé pour désigner un rapport sexuel avec une femme durant ses règles. Il avait fallu que j'attende d'être adulte, presque prof qui plus est, pour que j'apprenne ça de la bouche d'un groupe de lycéens. La honte. En même temps, heureusement. C'est ce qui me permet de comprendre à présent de quoi il s'agit exactement. Sinon j'aurais passé des heures à me demander à quel point ce *tteokbokki* devait être bon pour que Lee Junseo fasse un cadeau à ma mère. Quel connard ! Ce fumier n'a aucune limite.

Tu as tué ma sœur parce que son *tteokbokki* était délicieux, c'est bien ça?

Vers 10 heures, je sors du métro. Le grand magasin d'usine ouvre tout juste. Il me faut absolument un tailleur pour passer les oraux et, hormis ce matin, je n'aurai pas le temps de m'en occuper. J'achète un masque de protection dans une échoppe à la sortie de la station, puis je l'enfile et j'entre dans le magasin.

Bien qu'il vienne d'ouvrir ses portes, il y a déjà pas mal de monde. Il faut dire qu'on est samedi. Je monte directement au cinquième étage. L'espace dédié aux tailleurs pour femmes est relativement calme.

Je repère quelques modèles de vestes simples, sans fioritures inutiles, et commence à les essayer. Je lève les bras pour m'assurer qu'il n'y ait pas de gêne au niveau des épaules et des aisselles, puis je me baisse en avant pour vérifier que je ne suis pas trop serrée dans le dos. Seules deux vestes réussissent ainsi le test des essayages: une noire et une aux reflets bleu marine. J'hésite. La noire est plus épurée. Mais je me souviens d'un conseil trouvé sur internet: « Si vous ne devez avoir qu'un tailleur, choisissez-en un bleu marine. »

Pour le bas, je ne parviens pas à me décider entre une jupe ou un pantalon. Je me prends en photo dans le miroir et les envoie à ma mère pour qu'elle me donne son avis. Dix minutes passent, puis vingt: mon message est toujours indiqué comme non lu. Il fallait s'y attendre. *Pourquoi me demander de lui envoyer des photos si elle n'est même pas foutue de les regarder?*

Soudain, je reçois un coup dans la cheville. Heureusement que je suis en jupe, sinon il y aurait eu une marque de chaussure sur le pantalon et j'aurais été obligée de l'acheter. Et puis, ça fait mal. Je ne crois pas une seule seconde qu'il s'agisse d'un accident.

– Hé! Ça va pas, non?

Je me retourne et laisse exploser ma colère, de façon sans doute un peu excessive.

— Je suis désolé. Tout va bien?

Je reconnais ce visage et cette voix. C'est l'anonyme. Le type que j'ai croisé aux urgences.

— Mince! Il y a une trace de poussière, dit-il en faisant semblant d'épousseter ma cheville.

En se relevant, il glisse un papier dans la poche de ma veste.

— Excusez-moi encore.

Puis il s'incline et disparaît calmement.

Pour ma part, je me dirige vers la caisse. J'ai gardé la veste, la jupe et le pantalon. J'achète également une chemise blanche et une autre bleu ciel. Je me dirige ensuite vers les toilettes, où je sors le papier: « Parking. 3e sous-sol. Mini-van gris. 3794. » Je quitte les lieux, direction l'ascenseur.

Le mini-van immatriculé 3794 est garé juste devant la sortie. *Ce ne serait pas une place pour handicapé?* Au moment où je me fais cette remarque, j'aperçois sur l'une des portières le logo d'un centre pour handicapés. Le moteur est en marche. Je monte dans le véhicule, à côté du conducteur. Celui-ci démarre aussitôt.

— Bonjour, me dit-il. C'est la première fois que je vous salue correctement.

— Eh bien, bonjour.

Il est presque midi. Le trafic commence à se faire plus dense. L'anonyme s'en rend sans doute compte lui aussi et me demande bêtement:

— Vous avez mangé?

— Si je réponds non, vous comptez faire quoi? On ne va quand même pas aller déjeuner tous les deux, là?

— Vous avez raison, murmure-t-il.

Il fait un temps splendide. Nous avons plein de choses à nous dire. Je ne sais pas par où commencer.

— Vous avez pris votre décision?

— Je ne suis pas sûre de pouvoir parler de *décision*... Disons que je ne vois pas quoi faire d'autre. Alors c'est sans doute la bonne solution.

— Vous avez raison, répète l'anonyme d'une voix presque inaudible.

— Et vous, pourquoi faites-vous ça ? Gyeonga était si importante pour vous que vous êtes prêt à encourir une longue peine si jamais tout ça tourne mal ?

Visiblement embarrassé, l'anonyme ne répond pas. Il ne cesse de serrer et desserrer le volant. Il porte des gants. En regardant de plus près, je remarque que le mouvement de certains de ses doigts n'est pas naturel : le pouce et l'index de sa main gauche et l'index de sa main droite. Ce n'est pas tellement que c'est bizarre, c'est surtout que c'est... vide. Il lui manque deux doigts et demi. S'apercevant que j'observe ses mains, l'anonyme arrête de malaxer le volant.

— C'est arrivé quand j'étais petit.

— Vous n'êtes pas obligé d'en parler.

— Des engelures. Dans la maison. Même pas à l'extérieur. On était très pauvres.

— Si vous étiez enfant, vos os ont dû continuer à grandir, non ?

— Dès que ça arrivait, on les coupait.

L'anonyme répond d'un ton neutre, comme s'il parlait de quelqu'un d'autre.

— Il n'y a pas que mes mains qui ont été touchées.

Je n'ai qu'une envie : changer de sujet. D'autant que nous n'avons pas beaucoup de temps.

— Racontez-moi ce qu'il s'est passé pour Gyeonga. Qu'avez-vous vu ?

— Je vous ai envoyé la photo. Je vous ai tout dit. Que voulez-vous savoir de plus ?

— Qui sont ces hommes ?

— Des employés d'une agence de sécurité payés par Lee Junseo.

La voiture s'engage sur un rond-point.

— Vous vous souvenez des trois hommes de dos ? Il faisait sombre et la photo est floue, mais ils étaient en train de sortir

Lee Junseo du véhicule. Celui-ci ne les avait pas engagés pour commettre un meurtre, juste pour le sauver, lui.

La scène commence à se faire de plus en plus nette dans mon esprit.

— Après avoir proposé à Gyeonga qu'ils se suicident ensemble, c'est ça ?

— Exactement. Il lui a fait avaler des somnifères. Il me semble que lui n'en a pas pris. L'ordure ! Dès qu'on l'a sorti de la voiture, il s'est mis à vomir.

— Comment ont-ils pu laisser Gyeonga à l'intérieur ?

— Ouvrez la boîte à gants. Vous allez trouver un mégaphone.

— Effectivement.

L'appareil est si grand que je me demande comment on a bien pu le faire rentrer là-dedans.

— Ma voiture transporte habituellement des personnes âgées ou handicapées. En cas d'urgence, il faut que l'on puisse aller vite et signaler aux autres automobilistes de nous céder le passage.

Il a donc fait fuir Lee Junseo et ses acolytes avec la sirène intégrée dans le mégaphone.

— Ça n'est que mon hypothèse. Je pense que Lee Junseo, alias Cha Haegyeong...

Il s'arrête de parler tandis que nous sortons du rond-point, faisons demi-tour à un carrefour, avant de retourner au rond-point.

— ... a voulu se faire passer pour l'amoureux éploré qui a tenté de se suicider avec sa petite amie mais qui en a malheureusement réchappé. Pour attirer l'attention du public. Après tout, le showbiz, c'est son métier. Bien sûr, il ne se serait pas fait que des amis, mais il aurait quand même suscité la compassion, ce qui lui aurait permis de prétendre à des rôles dramatiques. Ou, sans aller jusque-là, il se serait retrouvé sous la lumière des projecteurs.

— Ça tient la route.

J'ai beau retourner cette histoire dans tous les sens, il ne fait aucun doute que Gyeonga est montée de son plein gré dans la voiture de Lee Junseo et a avalé des somnifères. Difficile d'expliquer ça autrement que par une tentative de suicide à deux. Peut-être que Lee Junseo avait vraiment envie, ou tout du moins un peu, de mourir avec ma sœur. Il devait y croire en partie, sinon il n'aurait jamais réussi à la convaincre. Et puis, en fin de compte, la tentation de se débarrasser de sa petite amie tombée enceinte alors qu'il commence tout juste à faire ses débuts au cinéma a dû être plus grande. Si tels étaient son intention et son état d'esprit, alors on peut dire qu'il s'est montré particulièrement pragmatique. La persuader de se suicider. Un moyen de l'éliminer sans se salir les mains. Quitte à faire croire à son propre suicide. Et si, par malchance, l'affaire avait capoté pour lui aussi, cela aurait toujours été mieux pour lui que de passer pour un meurtrier.

Lee Junseo. Son raisonnement, son caractère, ses états d'âme... Je suis incapable d'éprouver la moindre empathie à son égard. Pourtant, il faut que je m'efforce de me mettre à sa place. C'est insupportable pour moi d'imaginer des choses pareilles. Et ce doit l'être aussi pour l'anonyme. D'autant que ça fait plus longtemps que moi qu'il réfléchit à cette histoire. Pourtant, il y a quelque chose qui cloche dans son récit. Visiblement, il ne sait pas que Gyeonga était enceinte.

— Ils ont été surpris par la sirène, ont eu peur et se sont enfuis, poursuit l'anonyme. Le problème, c'est que selon le scénario de Lee Junseo, il aurait fallu qu'il appelle lui-même les secours.

Encore l'une de ses soi-disant analyses qui ne prennent pas en compte le fait que Gyeonga ait été enceinte. Car si, comme il le prétend, Lee Junseo avait été retrouvé à côté de ma sœur, la police se serait occupée de l'affaire, et une autopsie aurait été pratiquée. On aurait alors découvert que Gyeonga attendait un enfant de lui. Et plutôt que d'attirer la compassion et la sympathie du public en jouant le jeune homme tragiquement rescapé du suicide préparé avec sa petite amie, il serait devenu l'une des plus grandes saloperies de ce siècle qui aurait entraîné celle qui l'aimait dans sa chute avant de l'assassiner. La vérité, en somme.

Contrairement à ce qu'avance l'anonyme, Lee Junseo aurait confié à ses gorilles non seulement la tâche de le sortir de la voiture, mais aussi de l'emmener le plus loin possible. Et bien entendu de récupérer les téléphones de Gyeonga. On peut dire que son plan a presque réussi. Je ne sais pas si je dois donner à l'anonyme l'information qu'il lui manque. J'hésite. Je préfère changer de sujet afin de gagner un peu de temps.

— Avez-vous installé un micro ailleurs que dans la voiture de Lee Junseo ?

— N... No...

Sans aller jusqu'au bout de sa réponse, l'anonyme se tourne vers moi, stupéfait.

— Faites attention ! Regardez la route.

— Comment...

— Comment pouvez-vous imaginer que je ne sois pas au courant ? Rappelez-vous ce que vous m'avez dit. Sans ça, comment auriez-vous pu savoir en détail ce qui se passait dans la voiture garée à plusieurs mètres de vous ? Et puis, même depuis le début. Pourquoi étiez-vous là ? Vous avez entendu que quelque chose n'allait pas et vous avez décidé de les suivre, c'est bien ça ? Et maintenant que j'y pense, vous avez sans doute installé aussi un GPS dans son véhicule.

L'anonyme roule sans rien dire.

— Votre silence vient tout confirmer. Ne croyez pas que je vous critique. Ça me fait drôle de vous dire ça mais je vous suis reconnaissante.

— Je vous en prie.

— Il y a juste une chose que j'aimerais savoir : qu'est-ce qui vous a poussé à faire ça ? Pourquoi être allé jusqu'à cacher un micro dans la voiture du petit ami de Gyeonga ?

Si l'anonyme a répondu à mes remerciements, il semble en

revanche disposé à ignorer ma question. Peu importe, il est peut-être malin, mais il est aussi prévisible.

— Je me dis que vous deviez aimer beaucoup Gyeonga.

— Gyeonga...

Il s'arrête un instant pour choisir ses mots.

— Gyeonga était un ange. Capable d'accepter tout le monde, quels que soient les défauts. Voilà qui elle était. Une femme comme Marie, prête à essuyer les pieds de Jésus avec ses cheveux pour le soulager de la fatigue.

— Vous pouvez simplement dire que vous l'aimiez. Qui lave qui et qui accepte qui? À vous entendre, on dirait presque que vous avez couché avec elle, tiens.

Face à son discours fastidieux, je choisis volontairement des mots durs. Ce qui le met dans une colère noire.

— Je n'ai jamais eu ce genre de pensée abjecte! Faites attention à ce que vous dites.

Je n'y crois pas une seule seconde. Son irritation prouve le contraire. Il y a déjà songé mais il s'est dit que c'était mal. La réponse qu'il m'a faite est la conclusion à laquelle il est parvenu: pour lui, Gyeonga était un être pur et vertueux qu'il refusait de considérer comme un objet de désir.

Je ne dois surtout pas lui dire qu'elle était enceinte.

Je vais avoir besoin de lui pour accomplir mon objectif et, pour ça, je dois veiller à ne pas entacher ses sentiments envers ma sœur - amour, crainte, admiration ou quoi que ce soit d'autre. Comme je m'en doutais, ce type est taré. Comprenant que je me trouve dans la voiture d'un véritable cinglé, la peur m'envahit.

— Vous êtes très différente de Gyeonga...

— On me le dit souvent.

L'anonyme pousse un long soupir.

— Vous me faites peur.

Il ne sait pas à quel point lui aussi.

POMPÉI

Conformément à ce que je lui demande, l'anonyme me dépose à Noryangjin. En descendant de voiture, je remarque que le dos de ma veste est trempé. De la sueur froide.

Il me reste quarante minutes avant de retrouver mon groupe de travail. En me dépêchant, je dois pouvoir passer au dortoir pour déposer mes achats et prendre une douche. J'ai tellement de choses à faire en ce moment que je n'imagine même pas ce qui se passerait si je tombais malade.

J'arrive pile à l'heure au rendez-vous. Les trois autres membres sont déjà là : des êtres ordinaires que je pourrais très bien avoir déjà croisés une ou deux fois dans la rue, au restaurant ou à la librairie. Nous nous présentons rapidement, puis nous procédons chacun à une simulation de cours, avant d'échanger remarques et commentaires. La salle de réunion pour quatre personnes que nous avons louée n'est pas plus grande que ma chambre mais elle présente l'avantage d'être équipée d'un tableau noir. Les deux membres qui ont déjà tenté le concours plusieurs fois ont préparé une liste de recommandations pour les oraux qu'ils ont imprimée et qu'ils nous distribuent. Je les remercie vivement pour leur prévenance. Ils m'expliquent que ce n'est pas grand-chose, ils avaient déjà préparé cette liste pour eux-mêmes et n'avaient plus qu'à la photocopier.

Tous deux semblent disposés à ce que nous déjeunions ensemble, mais la troisième prétexte un cours particulier et file aussitôt. J'en conclus que nous partagerons un repas une fois les oraux terminés. En même temps, ils ont beau être sympas, je me demande si nous aurons vraiment envie de nous revoir, alors que certains auront réussi et d'autres non. *On ne sait jamais dans quel sens le vent va tourner.* Cette phrase banale ne m'a jamais semblé aussi juste qu'aujourd'hui. Lorsque les oraux seront finis et que nous attendrons les résultats, c'est exactement ce qu'il va se passer : certains auront l'impression d'avoir réussi, et les autres se remettront aussitôt à préparer le concours de l'année prochaine.

De temps en temps, il m'arrive de penser à Pompéi. Il n'y a pas longtemps, Gyeonga m'avait envoyé une photo : une forme ressemblant à un être humain tenant ses parties génitales. Elle m'avait expliqué qu'il s'agissait d'un homme qui avait été enseveli alors qu'il se masturbait. C'était une capture d'écran postée sur les réseaux sociaux par un Anglais, avec la légende « Masturbating Man, Pompeii ». J'avais pouffé en découvrant le cliché sur mon téléphone. Gyeonga m'en avait envoyé un second : deux personnes enlacées, sans doute également à Pompéi. J'avais fini par comprendre que c'était un moyen de relancer notre projet de voyage. Je lui avais dit : « On ira plus tard, ne t'en fais pas », ce à quoi elle avait répondu par une émoticône hochant la tête.

Quand je pense à ces photos, je m'interroge sur les derniers instants de ma vie. Où et comment vais-je mourir ? Difficile d'imaginer une issue glorieuse ou spectaculaire. Il faut dire que je n'y tiens pas particulièrement. Ce serait déjà une chance de connaître une fin ordinaire et paisible. Car ça peut arriver à tout le monde de mourir dans des circonstances atroces ou ridicules, voire très gênantes. Tout ça est évident, mais moi, j'y pense souvent.

Plus tard, j'ai appris qu'il existait une autre hypothèse concernant l'homme se masturbant. Quand un corps est enseveli dans des cendres volcaniques, les muscles se rétractent. Il est donc possible que ce soit ce qui est arrivé à sa main posée sur son bas-ventre. Mais alors comment expliquer la position des deux amants ? Eux aussi se sont retrouvés dans cette posture sans l'avoir souhaité ?

En réalité, ce qui importe, ce n'est pas tant de savoir si le type se masturbait ou non, c'est plutôt que certains en fassent un sujet de débat. Il faut toujours que l'on cherche à faire le récit le plus convenable d'une mort. Personne n'a remis en cause l'histoire des deux amants en échafaudant des théories au sujet de la rétractation des muscles ou quoi que ce soit d'autre, car cette histoire d'amour éternel leur va bien. En revanche, trouver une explication scientifique pour l'homme se masturbant permet de préserver sa dignité.

Il y a aussi des gens qui traitent le sujet de la mort avec un humour décapant, comme s'il s'agissait d'une comédie. Ils ne font preuve d'aucune mauvaise foi. Ils trouvent ça réellement drôle. Mais la plupart d'entre nous ne souhaitent pas que la mort soit transformée en sketch ou en quelque chose de honteux. Même s'il s'agit de celle des autres.

Impossible pour moi de ne pas penser à la mort de Gyeonga. Officiellement, c'est un suicide. Il faut bien dire qu'en retraçant les derniers mois de sa vie, ce scénario est presque convaincant. Pourtant, elle a été assassinée. À la fois un suicide et un meurtre. C'est insupportable ! Comment celui qui a tué Gyeonga peut-il être encore en vie ? Je ne cesse d'y penser, et d'y repenser encore. Quelle pièce manque-t-il pour que ce scénario devienne plausible ?

En rentrant au dortoir, je m'arrête à un distributeur et consulte le solde de mon compte. Il me reste environ cinquante mille wons de l'argent donné par ma mère pour les vêtements, et mon dernier salaire au café est tombé. Je retire des espèces, puis passe faire quelques courses au supermarché et à la librairie.

Une fois dans ma chambre, je décide de sortir des affaires auxquelles je n'ai pas touché depuis longtemps : des produits de maquillage au fond d'un tiroir de mon bureau et une boîte à chaussures sous mon lit. Agenouillée sur le sol, je tends les bras pour attraper celle-ci. On dirait que je fais du yoga, la posture du chat. La boîte se trouve plus loin que je ne le pensais, j'ai du mal à l'atteindre. Il ne manquerait plus que je meure maintenant et que l'on me retrouve dans cette position. La honte !

À l'abri dans une boîte hermétiquement fermée, les chaussures n'ont pas pris la poussière. Avec un petit talon et leur style plutôt sobre, elles me semblent parfaites pour les oraux. En revanche, le peu de produits de maquillage qu'il reste a séché. Ils sont tous inutilisables. Sous le panier où je les avais rangés en vrac, je trouve un kit offert par Gyeonga. Elle me l'avait donné juste après mon emménagement ici, et je l'avais oublié dans ce tiroir, encore emballé. À l'époque, je m'étais dit qu'elle avait dû me refiler l'un de ces cadeaux que les nouvelles marques de cosmétiques distribuent aux influenceuses.

Je retire l'emballage et tombe sur un post-it avec son écriture.

À ma grande sœur chérie
Hello, c'est moi, Riah !
Je sais que tu ne te maquilles pas souvent, mais tu en auras sans doute besoin quand tu seras professeure. Je me suis donc fait un plaisir de passer t'en acheter au magasin!!!
Ça fait drôle de ne plus te voir à la maison... ☺☺
Si tu ne sais pas comment faire, dis-le-moi, je t'aiderai. Ce serait super gratifiant si tu réussissais les oraux en ayant été maquillée par moi.
Bon courage, ma sœur.
Je t'aime.
Riah

Je me souviens d'avoir lu l'interview d'un homme qui avait perdu son épouse dans les attentats du 11-Septembre. Il avait retrouvé un ballon au fond d'un placard. Il était sale et à moitié dégonflé, mais il ne parvenait pas à le jeter. Parce qu'à l'intérieur se trouvait le souffle de sa femme. Je ne sais pas si c'est comparable et, pourtant, je crois comprendre ce qu'il a ressenti.

Mais je n'ai pas le temps de me laisser emporter par les émotions.

Je jette les vieux produits de maquillage et ne conserve que ceux de Gyeonga, ainsi que son mot. Je tape « maquillage pour les oraux » sur internet et cherche les salons de beauté qui ouvrent à l'aube. Je préfère dépenser un peu d'argent pour me faire maquiller plutôt que de le faire moi-même n'importe comment.

Le lieu d'examen est plus proche de chez mes parents que du dortoir. Je réfléchis aux avantages et aux inconvénients de dormir chez eux durant les deux jours d'oraux. Changer d'environnement risque de me perturber. Et pour peu que je m'engage dans une guerre des nerfs contre ma mère ou mon père, je risque d'être incapable de gérer le stress.

J'essaie mes nouveaux vêtements afin de choisir les plus adaptés. Une chemise blanche et une jupe noire seraient la tenue la plus classique, mais j'ai du mal à renoncer à une chemise bleue portée sur un pantalon, un style plus dynamique et qui dégage plus d'assurance.

Je range mes achats, puis mets mon linge sale dans un grand sac et sors de l'armoire le manteau que je porte toujours avec le plus grand soin. Je me rends à la laverie et lance une machine, puis je passe déposer mon manteau au pressing. Je déjeune dans un petit restaurant du quartier avant de retourner à la laverie. Tout en observant mes vêtements tournoyer à travers le hublot du sèche-linge, je fais un point sur mon emploi du temps. Il reste une dizaine de jours avant les oraux. Deux séances de travail en groupe sont fixées pour le week-end prochain, et j'ai un programme particulièrement chargé pour mercredi et vendredi. La clef du succès réside désormais dans l'imagination.

J'ai comme la certitude que je vais très bien m'en sortir.

UNE AMIE PROCHE

— Hé ! Ça me fait plaisir de t'entendre ! Quel bon vent t'amène ?

La plupart du temps, il ne sert à rien d'avoir un ego disproportionné quand on veut être pragmatique. On me dit souvent que le mien est surdimensionné, ce qui est vrai. Toutefois, je ne suis pas stupide au point de ne jamais demander d'aide quand j'en ai besoin. Si je finis par me débrouiller seule, ce n'est pas parce que je crois démesurément en mes capacités, mais parce qu'il est difficile de trouver des personnes auxquelles se fier sans crainte.

— On peut se voir pour discuter ?

Il n'y a pas beaucoup de personnes vers qui me tourner en cas de besoin, mais il y en a quand même. La première à laquelle je pense est Potarde. D'autant qu'elle me doit un service. Ce serait l'occasion pour elle de se faire pardonner d'avoir répandu la nouvelle de la mort de ma sœur. Elle ne peut pas refuser, non seulement à cause de son erreur, mais aussi parce que je lui inspire un mélange de crainte et d'admiration.

Le problème, c'est que si je fais appel à elle, elle deviendra aussitôt un témoin clef. Et de la même manière qu'elle avait deviné que j'étais à l'origine du coccyx fêlé de Fingerboard, elle va rapidement comprendre pourquoi je lui demande de faire certaines choses. Sauf que, cette fois-ci, le risque est nettement plus grand. À l'époque du lycée, quand bien même elle aurait dit que j'étais responsable de ce qui était arrivé, personne ne l'aurait crue.

Aujourd'hui, j'ai besoin de quelqu'un capable de feindre l'ignorance, pas d'une Potarde qui voit tout et a la langue bien pendue. Je dois parer à toute éventualité. Imaginons qu'une enquête soit ouverte contre moi. Il vaudrait mieux que cette personne n'ait aucun lien avec mon entourage. Quelqu'un que j'aurais rencontré récemment et qui me fasse confiance.

— Ça te dirait qu'on dîne ensemble ? Où es-tu ?

— Je viens de terminer ma séance de travail. J'arrive au café.

— On peut aller dans ton quartier si tu veux. Je nous achèterai de quoi faire un bon repas.

— Je suis presque arrivée.

En hiver, le soleil se couche tôt. Ce soir, il fait sombre mais la salle est bien éclairée. Si grande sœur ne peut pas me voir de l'autre côté de la baie vitrée, moi je l'aperçois clairement au téléphone derrière le comptoir. Comment fait-elle pour avoir un visage aussi rayonnant ? J'en suis tellement perturbée qu'il me faut un peu de temps avant de pousser la porte.

Grande sœur confie la salle à l'étudiant nouvellement recruté, et nous rejoignons la rue. Nous entrons dans un petit restaurant de phôs et de grillades. J'ai choisi cet endroit parce qu'il n'y a pas grand monde le dimanche soir. Grande sœur, elle, grommelle comme à son habitude. Elle n'aime pas les petits restaurants bizarres de ce quartier étudiant.

— On a beau manger vietnamien ou japonais, au final, ça a le même goût que la nourriture coréenne. Alors, de quoi voulais-tu me parler ?

C'est moi qui lui ai proposé ce rendez-vous. Mais, une fois assise en face d'elle, j'ai du mal à aborder le sujet. Je me rappelle notre dernière conversation. Ou plutôt son monologue pendant lequel je me suis enfuie.

La table est toute petite, et nos genoux se frôlent. Elle a l'air tellement à l'aise que ça la rend presque détestable. Je finis par parvenir à ouvrir la bouche, non sans peine.

— Ça t'ennuierait de rencontrer Cha Haegyeong pour moi ?
— Qui est-ce ?
Je lance une recherche internet sur mon portable et lui montre les résultats.
— Ah, c'est un acteur ? Et il prétend être célèbre ? Je n'en ai jamais entendu parler. Quel mytho !
Il est plus que probable que sans Gyeonga, moi non plus je n'en aurais jamais entendu parler. Grande sœur repose mon téléphone sur la table, d'un air distrait.
— Pourquoi ? Qu'est-ce qu'il te veut ?
— C'est moi qui ai demandé à le voir.
Le visage de grande sœur change aussitôt.
— Il te plaît, ce type ? C'est ton style, c'est ça ?
Des émotions de toutes sortes tourbillonnent dans ma tête. *Ne plaisante pas avec ça, je t'en supplie...* L'anonyme a-t-il ressenti la même chose quand je lui ai demandé s'il était Lee Junseo ?
— Non. Je ne peux pas tout t'expliquer maintenant. Mais si tu voulais bien le rencontrer à ma place...
Je sors un carnet et un stylo de mon sac, et j'inscris proprement quelques phrases. Penchée au-dessus de moi, grande sœur me regarde faire jusqu'à ce que je trace le point final.
— Pourrais-tu lui dire ça ?
Je tourne le carnet pour qu'elle puisse lire facilement. Au bout de quelques minutes, j'arrache la page et verse de l'eau dans mon verre pour y tremper le bout de papier. Puis je le froisse et le défroisse plusieurs fois avant de le déchirer en petits morceaux que je jette dans la poubelle placée sous notre table. Je sais qu'il n'y a aucune chance pour que quelqu'un se mette à la fouiller, trouve les bouts de papier, les déplie et tente de déchiffrer ce que j'ai écrit. Pourtant, je ne peux pas m'empêcher de faire ainsi. Grande sœur continue de m'observer sans rien dire.
— Entendu, répond-elle simplement.
Je suis surprise qu'elle accepte de son plein gré aussi facilement. Car si ma demande est étrange, elle nécessite également un effort de sa part.

— Je croyais que tu m'avais larguée. Mais finalement, tu vas te servir de moi.

Je rétorque vivement :

— Qu'est-ce que tu racontes ?

Je dois avouer qu'elle n'a pas complètement tort. Je suis rongée par la culpabilité depuis que j'ai aperçu son visage rayonnant à travers la vitre du café.

— Ça me plaît.

— Ça te plaît qu'on se serve de toi ?

— Il y a une phrase que j'aime bien dans une BD : « C'est un honneur de me faire exploiter par toi, grand frère. »

— C'est n'importe quoi !

— On s'en fiche de cette histoire de grand frère. Je crois comprendre ce que veut dire cette fille. On peut accepter de se faire exploiter quand l'autre est merveilleux et qu'on l'apprécie vraiment. Je te suis presque reconnaissante de m'avoir choisie pour m'exploiter. Ah ah !

Malgré la situation invraisemblable, ça ne me déplaît pas de l'entendre dire qu'elle me trouve merveilleuse et qu'elle m'apprécie. Pour dissiper la gêne que provoque en moi cette pensée, je change de cible.

— Grande sœur, tu es vraiment un drôle de personnage...

— Pas autant que toi, si tu veux mon avis.

Si l'on recherche « Cha Haegyeong » sur internet, voici les informations que l'on obtient :

Nom de scène : Cha Haegyeong

Nom de naissance : Lee Junseo

Agence : Be Prime Actor's Entertainment

Ainsi que sa date de naissance, les études qu'il a suivies, son premier rôle, sa filmographie et sa biographie.

Si sa filmographie est plutôt médiocre, sa vie familiale, en revanche, est intéressante. Le lien qui renvoie à la page de sa mère me permet de découvrir que celle-ci s'est portée candidate il y a quelques années à un poste de rectrice. Elle a joué un rôle important en matière d'éducation au niveau national. Je clique sur son nom et reconnais aussitôt sa photo. Il ne fait aucun doute qu'elle est bien plus connue du grand public que son fils, qui débute à peine au cinéma et dont la filmographie est plus que restreinte. En poursuivant mes recherches, je tombe sur un article dans lequel figure une photo d'eux. Lee Junseo entoure d'un bras les épaules de sa mère. Le cliché a été pris lors de la campagne électorale.

Par ailleurs, on ne trouve aucune mention du père sur la page de Cha Haegyeong. En revanche, sur celle de l'ex-candidate, un lien renvoie vers son conjoint : Lee Huijung, homme d'affaires. Je n'ai jamais entendu parler de son entreprise. Ça semble être une petite boîte. Ce qui est surprenant, c'est qu'il y a un grand nombre d'articles à son sujet. Je poursuis mes investigations et finis par découvrir qu'il a un lien de parenté, bien qu'éloigné, avec le dirigeant de l'un des plus grands groupes familiaux coréens.

En somme, l'élite. Cha Haegyeong est issu d'un milieu aisé, mais pas suffisamment pour échapper à la condamnation en cas de délit ou de crime.

Une fois mes recherches terminées, voici la conclusion à laquelle je parviens. Les parents et la famille de Cha Haegyeong ne doivent pas être au courant du meurtre qu'il a commis. La carrière de sa mère en est la preuve. D'autant qu'il y a de grandes chances pour qu'elle se présente de nouveau aux prochaines élections. Lors des précédentes, où elle était candidate pour la première fois, elle est arrivée en deuxième place avec seulement 2 ou 3 % d'écart par rapport au premier. Un résultat plus qu'encourageant. Son fils, acteur de cinéma, l'avait accompagnée durant toute la campagne. Si le public venait à apprendre qu'il avait mis enceinte sa nouvelle petite amie, une star des réseaux sociaux, plus que sa carrière cinématographique c'est celle de sa mère, haut fonctionnaire, qui risquerait de voler en éclats. Quant à sa famille éloignée – les dirigeants de ce grand groupe –, sans doute comptent-ils soutenir Cha Haegyeong, jeune comédien prometteur, afin de s'en servir plus tard pour leur image. Mais si ce rejeton lointain, cousin d'un cousin d'un cousin, est mêlé à un scandale, il ne fait aucun doute qu'ils n'hésiteront pas une seule seconde à couper les ponts et à détaler comme des lapins.

Craignant d'orienter mon hypothèse dans la direction qui m'arrange, je me ressaisis et tente de retracer les événements avec précision. Plus j'y réfléchis et plus je suis convaincue que Lee Junseo, alias Cha Haegyeong, a tout fait pour dissimuler son crime à sa famille. Tuer sa petite amie pour cacher à ses parents qu'elle était enceinte est complètement dément. Cela signifie qu'il les craint plus que tout, jusqu'à en perdre la raison. Jusqu'à éliminer celle qu'il aime.

Je comprends enfin ce qui le terrorise le plus. Le pire qui puisse lui arriver serait que ses parents apprennent qu'il a éliminé celle qui attendait un enfant de lui. Qu'ils découvrent la vérité par un tiers – la police ou la presse, par exemple – serait encore plus catastrophique. Mieux vaudrait qu'il le leur dise lui-même. Qui sait? Grâce à leurs relations avec le pouvoir, peut-être réussiraient-ils à le faire passer entre les mailles du filet? Ce serait sans doute la meilleure issue pour lui. Mais il est incapable de distinguer le meilleur du pire, sinon il n'aurait jamais tué Gyeonga.

Lee Junseo appelle ma sœur la nuit de sa disparition – une heure ou deux après avoir avalé du monoxyde de carbone si l'on en croit l'anonyme. Habituellement, il communique avec elle sur son second téléphone. Il n'a aucune raison de tenter de la joindre sur son téléphone principal. Il le fait uniquement pour remettre la main sur l'appareil. Agir de la sorte alors qu'il doit encore être dans un état semi-comateux prouve bien que c'est son unique préoccupation. Mais le besoin urgent de résoudre le problème tout en étant à moitié léthargique l'amène à commettre une erreur fondamentale : en appelant, il oublie qu'il prend le risque de dévoiler son nom à celui qui détient désormais le téléphone. Une bévue loin d'être négligeable.

Quelques jours plus tard, Lee Junseo tombe sur des articles annonçant la « mort tragique de Im Gyeonga, la reine des bénévoles ». Aucune mention du moindre doute concernant les causes de sa disparition ni d'une quelconque enquête policière. Le voilà rassuré. Il consulte de temps à autre le profil de Gyeonga sur les réseaux sociaux et jette un œil aux commentaires qui lui rendent un dernier hommage. C'est un immense soulagement pour lui de constater que tout se déroule normalement, que les fans pleurent la mort de leur idole, sans qu'aucun lien ne soit jamais fait avec lui.

Et puis, un jour, le rappeur lui pose une question étrange : « Grand frère, tu es sûr que Riah est morte ? Hier, elle a liké un de mes posts, qui plus est un texte qui lui rendait hommage. » Comment Lee Junseo réagit-il ? Au mieux, il réplique qu'il ne sait rien et que lui-même a tenté de la joindre plusieurs fois. S'il est plus bête que je ne le crois, il rentre dans une colère noire contre le rappeur. Dans son message, ce dernier a écrit que Cha Haegyeong n'arrêtait pas de dire qu'il n'était au courant de rien. Il ne sait donc rien. Lee Junseo, alias Cha Haegyeong, ne sait pas ce qu'est devenue Im Gyeonga, alias Im Riah. D'un côté, il pense qu'elle est morte, mais, de l'autre, il est incapable de répondre clairement à la question du rappeur. Et si Gyeonga était toujours en vie et si sa disparition n'était en définitive qu'une rumeur ? Il ne peut être absolument certain de rien.

Lui-même avait quasiment perdu conscience. Les types qu'il avait engagés l'avaient rapidement sorti du véhicule, ce qui lui avait permis de se sentir immédiatement mieux. Mais peut-être que la portière avait été ouverte trop tôt et qu'un peu d'air frais était rentré, permettant à Gyeonga de retrouver son souffle. D'autant que, quelques minutes plus tard, une sirène d'ambulance avait retenti. Et si elle avait été secourue à temps et avait eu la vie sauve ? À l'heure actuelle, elle était peut-être cachée quelque part et avait suspendu toute activité sur les réseaux sociaux, feignant d'être morte. Et si tout cela était somme toute une vengeance de sa part ? Mille et un scénarios défilent dans la tête de Lee Junseo. Tout est possible.

Et si la femme que l'on avait tenté de noyer en l'enfermant dans une valise revenait sous les traits d'une sorcière?

Imaginer ainsi ce qu'il se passe dans la tête de Lee Junseo me noue l'estomac. Encore plus quand j'envisage la possibilité qu'il doute de la mort de ma sœur. Parce que ce «doute» se confond avec mon souhait le plus cher. Gyeonga aurait pu survivre. D'après l'anonyme, Lee Junseo lui aurait fait avaler des somnifères. Or, si elle avait été éveillée, elle aurait pu sortir de la voiture. L'état d'inconscience augmente les effets d'une intoxication au monoxyde de carbone. Les voies respiratoires sont bloquées, et le manque d'oxygène est fatal.

Mais, même inconsciente, Gyeonga aurait pu en réchapper si seulement elle avait pesé vingt kilos de plus. Si elle avait fait le même poids que Cha Haegyeong – soixante-treize kilos –, elle se serait réveillée à l'hôpital. Enfin, je ne sais pas. Comme pour l'élimination de l'alcool dans le sang, la corrélation entre la vitesse de propagation de l'oxygène dans le corps et le poids d'un individu n'est pas scientifiquement prouvée. Une chose est sûre, en revanche: Lee Junseo, lui, a repris connaissance. Revenu à la vie, il a menti au rappeur en disant qu'il n'était au courant de rien. Il a caché ce qu'il a fait à une femme inconsciente, plus légère que lui de vingt kilos. Le type de soixante-treize kilos a survécu, et la fille de cinquante-trois est morte. Plus que le fait d'être ou non conscient, c'est cette différence de poids qui me semble avoir été le facteur décisif. Je n'arrête pas de me dire que ma sœur serait encore en vie si elle avait pesé autant que lui.

Encore que, si Gyeonga avait pesé soixante-treize kilos, il n'y a aucune chance pour que Lee Junseo l'ait invitée à monter dans sa voiture.

Après-demain, mercredi, à 11 h 32.
Librairie Kyobo à Gwanghwamun.
Littérature étrangère, lettre P.

Je n'ai plus le temps de tergiverser. Peu importe si je suis allée trop loin dans mon raisonnement, ou pas assez, ou si je suis complètement à côté de la plaque. Il faut que je rencontre Lee Junseo, et le plus vite possible. Je me connecte au compte de Gyeonga et adresse un message privé à Cha Haegyeong, n'indiquant que la date et le lieu du rendez-vous. En utilisant les identifiants de ma sœur, je suis certaine qu'il verra mon message.

Une fois celui-ci envoyé, je me sens complètement déboussolée. Je ne sais plus si je suis assise ou couchée. Je ne cesse de confondre l'ancien emploi du temps, auquel je suis habituée, et le nouveau, concocté dimanche avant de me coucher. Je n'arrête pas de me tromper, et même si ce ne sont que d'infimes écarts, je m'en veux à chaque fois. Régulièrement, l'angoisse me prend à la gorge. Et si Lee Junseo faisait semblant de ne pas voir mon message ? Ou si, comme moi, il venait accompagné ? Après tout, rien ne me dit que ses réseaux sociaux ne sont pas gérés par son agent.

Non, il ne peut partager ses peurs avec personne. Impossible donc qu'il demande de l'aide à qui que ce soit. Il viendra seul. Et puis, quand bien même il ne serait pas seul, moi, il ne me verra pas. Ça n'aura aucune conséquence sur mon plan.

J'ai l'impression d'être coincée dans une montagne russe, oscillant en permanence entre l'anxiété et l'apaisement. Vide depuis je ne sais combien de temps faute d'appétit, mon estomac se tourne et se retourne au rythme des battements de mon cœur. Quand mercredi matin arrive enfin, je me sens soudain plus légère.

Je vais au rendez-vous avec grande sœur, un masque noir sur le bas du visage et l'écharpe qu'elle m'a donnée autour du cou. Quand elle me demande si je suis malade, je lui réponds que j'ai simplement froid. Par chance, nous sommes en hiver. Rien d'étonnant à ce que je sois à moitié cachée en cette saison.

— 11 h 32. Pourquoi avoir choisi un horaire aussi précis ?

Dans le métro, je lui montre le message que j'ai envoyé à Cha Haegyeong. Puisqu'elle va se retrouver face à lui, mieux vaut qu'elle en connaisse le contenu exact.

— Je voulais qu'il ait l'impression d'avoir affaire à quelqu'un de maniaque.

— Je vois... C'est vrai que, quand on lit ce message, on se demande pourquoi une heure aussi tordue a été choisie.

Elle hoche la tête et poursuit :

— Mais pourquoi avoir organisé cette rencontre ?

— Je t'ai dit que tu dois lui transmettre un message. Tu n'as pas oublié ?

— Ce que je veux dire, c'est pourquoi a-t-il besoin d'avoir ce message ?

Elle secoue la tête puis se colle brusquement à mon oreille et murmure :

— Tu veux éliminer ce type en douce, pas vrai ?

Je recule d'un pas, protégeant mon oreille d'une main. Mon cœur bat à tout rompre, et ma joue est brûlante. C'est normal qu'elle ait agi ainsi, toute cette histoire doit rester secrète. C'est ma réaction qui ne l'est pas. Pourquoi ai-je tressailli ? Il me suffisait de répondre simplement non. Ai-je été surprise d'avoir été démasquée ? Son mouvement a-t-il été trop brutal ? Ou suis-je submergée par l'émotion ? Malgré la situation ? À cause d'elle ?

Et puis, qu'est-ce que ça veut dire « éliminer en douce » ? Comment réussit-on à faire ça ? Je déteste sa nonchalance.

Arrivées à la station Gwanghwamun, nous nous séparons. Grande sœur prend le couloir menant directement à Kyobo tandis que je sors en direction de l'institut Sejong, traverse la rue, entre dans la librairie et emprunte l'ascenseur pour rejoindre le sous-sol. Il reste douze minutes avant l'heure du rendez-vous. J'aperçois grande sœur devant les livres de littérature étrangère. Elle semble en avoir trouvé un qui lui plaît. Elle le lit debout, le dos appuyé contre une étagère. J'attrape un panier et cherche des yeux un point stratégique. Faute de trouver un endroit me permettant d'avoir dans mon champ de vision les deux entrées principales et la littérature étrangère, j'arpente lentement les rayons.

Quel connard!

Lee Junseo se pointe avec quatre minutes d'avance. Malgré son masque et son bonnet, je le repère au premier coup d'œil. Craignant de ne pas le reconnaître en me basant uniquement sur quelques photos, j'ai visionné certaines de ses vidéos. Il est grand et plutôt baraqué – même si, emmitouflé dans ses vêtements d'hiver, il est difficile de l'affirmer.

Soudain, j'ai peur d'avoir réellement prononcé: « Quel connard ! »

Il y a pas mal de monde pour un matin en semaine. À vrai dire, juste ce qu'il faut : il y a suffisamment d'animation pour que les gens ne prêtent pas attention les uns aux autres. Cela crée une ambiance étrangement calme. C'est justement pour cette raison que j'ai donné rendez-vous ici à Lee Junseo. Cela dit, je n'ai pas tout prévu, comme lâcher un juron sans faire exprès.

Lee Junseo se dirige vers les magazines avant de revenir dans l'allée centrale. Il semble seul. Pile devant lui, j'ai l'impression qu'il m'a reconnue et qu'il va foncer droit sur moi. Mais il finit par trouver le rayon littérature étrangère et tourne à droite.

Il n'a pas l'air de m'avoir remarquée. Après tout, je ne suis qu'une cliente comme une autre. Je le suis discrètement. Cinq grands pas nous séparent. Plus que trois. Si je voulais, je pourrais lui planter un couteau dans le dos. Mais je ne le ferai pas. Du moins, pas tout de suite.

Visiblement, il se concentre pour trouver la lettre P. J... K... L... Il est complètement plié en avant. Il est bien plus détendu que je ne l'avais imaginé. *Qu'est-ce qui lui fait défaut exactement ? Empathie ou imagination ? S'il ose se promener comme ça aussi à l'aise alors qu'il vient de provoquer une haine viscérale chez quelqu'un, c'est parce qu'il lui manque quelque chose ou, au contraire, parce qu'il a un truc en plus ?* Son dos se plie et se déplie à mesure qu'il poursuit ses recherches dans le rayon.

M… N… O… Soudain, il aperçoit une femme en train de lire debout, masquant la lettre P. Il se redresse complètement.

Au même moment, grande sœur referme son livre d'un geste bref. *Clap!* Une mise en scène digne d'un dessin animé. *Tu n'aurais pas trop regardé la télé? Ça n'est pas un peu trop préparé?* Je serre de plus en plus fort le rebord d'un bac. Lee Junseo regarde à droite et à gauche. Il ne semble pas m'avoir vue. Grande sœur, à moitié cachée derrière l'étagère, plante son regard dans le sien, sans m'adresser un seul coup d'œil. Le visage sans expression, elle déclare:

— Bonjour, je suis une amie proche de Gyeonga.

PROMESSES

— Gyeonga est en vie.

Message numéro un. Je plie un doigt.

Après un long silence, Lee Junseo finit par répondre :

— Comment puis-je vous croire ?

Pas vraiment le genre de réponse que ferait un suspect qui veut cacher sa culpabilité. Il n'a aucune raison de ne pas croire la femme qui se tient devant lui et qui prétend être une amie de « Gyeonga », utilisant ainsi le nom connu seulement de quelques proches et membres de sa famille avant qu'elle devienne célèbre. Sa question laisse entrevoir à la fois son désir de prouver qu'il n'a rien à voir avec la mort de Gyeonga et son hostilité vis-à-vis de la messagère. Ce soi-disant acteur est donc incapable de jouer le coup des larmes ? Il n'est même pas foutu de répliquer : « C'est vrai ? Dieu merci ! » Ne devrait-il pas se réjouir d'apprendre que celle qu'il aime et qu'il croyait morte est encore en vie ? Sa question aurait au moins dû sortir spontanément. À moins qu'il ne l'ait lui-même tuée. À force de triturer son cerveau minable, il a trop tardé à répondre, et sa réaction tombe à côté.

J'ai toujours envisagé dans un coin de mon esprit que l'anonyme pouvait mentir. Certes, il n'est pas particulièrement intelligent mais il s'est toujours montré minutieux et tenace, encore plus lorsqu'il est en colère. Je n'ai pas relevé de contradiction dans ce qu'il m'a dit sur Gyeonga et Lee Junseo. Si tout ce qu'il m'a expliqué est vrai, il est plus que probable qu'il ait installé un micro et un GPS pour les suivre. Mais savait-il que Lee Junseo allait tuer ma sœur ? Impossible d'en être certaine. Raison pour laquelle mes soupçons à son encontre n'ont jamais totalement disparu. N'a-t-il vraiment rien à voir dans la disparition de Gyeonga ? Ce dingue ne m'aurait-il pas livré une version édulcorée de l'histoire, omettant de me raconter quelques détails préjudiciables pour lui ?

La réaction de Lee Junseo permet d'effacer mes derniers doutes. L'anonyme est juste fou. Lui, en revanche, est l'ordure qui a tué ma sœur.

— Gyeonga vous contactera bientôt.

Message numéro deux.

La phrase prononcée par grande sœur peut sans problème passer pour la réponse à sa question. Pourtant, ce n'est pas le cas. Il s'agit juste du deuxième message qu'elle doit délivrer. Elle exécute à la perfection ce que je lui ai demandé de faire : observer Lee Junseo pour voir sa réaction et transmettre les trois infos sans rentrer dans son jeu.

— Impossible... Impossible...

Évidemment que ça te semble impossible puisque tu sais que tu l'as tuée ! Je n'ai pas besoin d'en entendre davantage. Mais il reste un dernier message.

— Gyeonga...

— C'est toi qui as son portable ? la coupe Lee Junseo en tendant une main. Donne-le-moi.

Il a ostensiblement abandonné le vouvoiement. Je panique. Tout en m'énervant de paniquer. Je devrais prévenir un employé ou un agent de sécurité mais je suis incapable de bouger.

— C'est Gyeonga qui l'a.

Ce n'est pas ce que je lui ai demandé de dire. Toujours silencieuse, je secoue les mains désespérément, sachant qu'elle ne me regarde pas. *Je t'ai dit de ne pas rentrer dans son jeu!* Lee Junseo est bien moins prévisible que ce que je pensais. Mais grande sœur ne se laisse pas intimider pour autant. Au contraire, elle le traite comme s'il était un vulgaire objet, un simple trombone ou un vieux bout de scotch.

— Elle ne vous en veut pas.

Message numéro trois.

Grande sœur a terminé sa mission.

Espérant qu'elle regarde dans ma direction, je lui indique la sortie d'un geste de la main. *Pars! Pars maintenant!* Ayant transmis les trois messages, elle tourne enfin ses yeux vers moi, le temps d'un éclair. Elle quitte les lieux en se faufilant dans les couloirs du rayon de littérature étrangère et se dirige vers la sortie menant directement au métro. De mon côté, je surveille Lee Junseo pour voir combien de temps il lui faut pour décamper et quelle direction il va prendre, histoire de m'assurer qu'il ne la suit pas. Mais il reste sur place un long moment sans bouger.

Je monte dans l'ascenseur, sors de la librairie et marche jusqu'à Chungjeong, où je prends un taxi. Contrariée qu'elle ne fasse pas comme moi, j'hésite à appeler grande sœur mais abandonne finalement l'idée. Je suis vidée. Maintenant que la tension est retombée, j'ai l'impression d'être complètement courbaturée.

Mais il me reste une dernière chose à faire.

Je saisis mon portable, recherche une photo d'arbre, en choisis une au hasard et la publie sur mes réseaux sociaux. Je reçois aussitôt une notification: l'anonyme a liké. Je supprime immédiatement l'image. Le code est simple: la photo d'un végétal, positif; la photo d'un animal, négatif; l'icône en forme de cœur, vu. Ne reste plus alors qu'à supprimer la photo. On a besoin de discuter? Il suffit de publier une capture d'écran de la calculatrice comportant un chiffre entre quatre et huit. L'anonyme vient alors en voiture à Noryangjin, le chiffre sur la photo indiquant le numéro de la sortie de métro.

Notre plan n'est pas suffisamment abouti pour que l'on puisse parler d'« opération ». Même le terme « plan » semble excessif. On dirait plutôt un ensemble de promesses.

Promesse numéro un : aucun de nous ne peut agir sans prévenir l'autre.

Promesse numéro deux : un maximum d'informations doivent être communiquées dans un minimum d'échanges.

Promesse numéro trois : notre objectif commun étant d'éliminer Lee Junseo, nous ne pourrons passer à l'acte qu'après avoir pris toutes les mesures nécessaires pour retrouver une vie normale après sa mort.

Le troisième point est particulièrement important. L'anonyme est prêt à poignarder Lee Junseo et à finir en prison. Moi, pas. Si l'un de nous se fait prendre, l'autre sera forcément inculpé à son tour. Même si nous prenons les plus grandes précautions pour communiquer, les mobiles et les preuves matérielles seront faciles à déterminer. Nous devons donc trouver un moyen de ne pas apparaître sur la liste des suspects.

Notre but ultime, bien entendu, reste la mort de Lee Junseo le plus rapidement possible. Mais plus le temps passe et plus tenir la promesse numéro un semble difficile.

Le taxi me dépose devant chez mes parents. Je règle en espèces. Il n'y a personne dans l'appartement. Le chauffage étant éteint durant la journée, il fait froid. L'heure du déjeuner est passée et j'ai faim. Tant pis. Plus déterminée que jamais, je commence à rassembler les éléments dont j'ai besoin. Il y a beaucoup à faire, et le temps presse. Après plusieurs allers-retours dans ma chambre, dans celle de Gyeonga et sur le balcon, je me rends compte qu'il y a plus de choses que je ne le pensais. Je ne vais pas réussir à tout faire rentrer dans mon sac à dos. J'aurais dû apporter une grande bâche. Je réfléchis quelques instants puis fourre à l'envers la tapette électrique dans mon sac et les vêtements volumineux dans un cabas. Si je me trimballe avec une tapette à mouches par ce temps, je risque de me faire remarquer. Il faut absolument que j'évite ça. Pour l'heure, le manche dépasse de la fermeture, mais ça ne devrait pas se voir. Tout au plus pourra-t-on croire qu'il s'agit d'une raquette de badminton. Après tout, les gens ne portent pas beaucoup d'attention aux autres. Pour ma part, j'aimerais autant que possible éviter les regards, qu'ils soient intolérants ou indifférents. Raison pour laquelle j'ai pris la tapette électrique de mes parents, alors que je pourrais facilement en trouver une en ligne ou dans un supermarché. Quelqu'un qui achète ce genre de truc en plein hiver, ça ne passe pas inaperçu.

Je reprends un taxi jusqu'à Noryangjin. J'ai dépensé pas mal d'argent aujourd'hui. Une fois dans ma chambre, je sors les vêtements, que je suspends sur des cintres, et je vérifie la taille. Je ne voulais pas que ma mère s'aperçoive de mon passage. J'ai donc ramassé vite fait les habits qui m'ont paru convenir, mais il est préférable de les essayer maintenant.

J'ai bien fait : impossible de remonter la fermeture de la robe. Je passe près de vingt minutes à me débattre, pestant : *C'est pas possible ! J'ai les bras trop courts...* Je suis si désespérée que je suis à deux doigts de frapper chez ma voisine pour lui demander de l'aide.

J'ai toujours cru que Gyeonga et moi faisions la même taille. Je fais du sport quotidiennement et je n'ai pas mangé grand-chose au cours des derniers jours. Mais impossible d'entrer dans sa robe. Pourtant, Gyeonga était plus grande que moi. Je dois avoir pris un peu de poids en préparant les concours. Gyeonga, elle, avait dû en perdre à force de courir à gauche, à droite pour ses activités bénévoles. Elle portait cette robe sur l'une des dernières photos qu'elle a publiées. Mais il faut absolument que je parvienne à la fermer. Et si je jeûnais jusqu'à vendredi ?

J'essaie ensuite son manteau. Heureusement, c'est un modèle ample. Sa couleur bleu azur le rend assez voyant. Le problème, c'est que c'est à la mode depuis quelques années. Je me rassure en me disant que justement, la mode a eu raison de cette couleur cet hiver car on en voit moins. Le plus important, c'est que ce soit celui que Gyeonga portait encore récemment. Il apparaît plusieurs fois sur ses dernières photos. Je me dis aussi que je n'aurai pas besoin de retirer mon manteau. Inutile donc que je me casse la tête pour la robe.

Je sors à présent la tapette à mouches. J'essaie de la démonter en regardant un tutoriel sur internet. Je suis totalement absorbée par ma tâche quand mon téléphone se met à sonner. C'est grande sœur.

— Tu es bien rentrée ?

— Oui.

— Je voulais passer te voir mais je ne connais pas ton adresse.

— Je l'ai pourtant indiquée sur ma fiche d'embauche.

— Ce serait de la triche ! Tu ne me l'as pas donnée personnellement.

Je ne sais pas quoi répondre. Je ne m'attendais pas à ça. Je pensais qu'elle me dirait « Je l'ai jetée », un moyen de sous-entendre qu'elle serait venue après l'avoir consultée si elle l'avait gardée. Ou « Je croyais que tu avais donné l'adresse de tes parents », ce qui aurait signifié qu'elle l'avait encore et qu'elle l'avait regardée. Elle est trop compliquée pour moi qui suis toujours trop sur le qui-vive pour décrypter les intentions des autres, bonnes ou tordues. Quelqu'un de simple – et donc de bien –, il n'y a rien de pire.

— Tu veux passer au café ou tu préfères qu'on discute au téléphone ?

Je jette un œil du côté du mur. La chambre de ma voisine est calme. Je pourrais débriefer par téléphone, mais je décide de la rejoindre.

— J'arrive.

Pendant que je bidouillais la tapette électrique, la nuit est tombée. Les rues sont sombres. Grande sœur m'attend devant l'entrée du café vêtue de son tablier de travail.

— Il fait froid. Pourquoi m'attends-tu dehors ?

— Je viens juste de sortir.

— À vrai dire, je n'ai pas grand-chose à te demander. J'ai entendu tout ce que vous vous êtes dit.

— Je m'en doutais mais...

Elle hésite un moment.

— Comme je t'ai rendu un service... Tu sais, j'ai plutôt la tête bien faite. Je n'ai pas obtenu mon master dans une pochette-surprise. Alors je me suis dit que je pourrais peut-être profiter un peu de la situation.

Je sens la chair de poule me gagner. Je sais qu'effectivement elle est capable de tout. La plupart du temps elle parle de choses sans importance mais, de temps en temps, elle lance une phrase qui tombe à pic. Elle peut tout à fait avoir repéré quelques indices que j'aurais laissés traîner. Mais de là à profiter de la situation ? Je me serais donc trompée sur son compte ? De quoi se doute-t-elle exactement ? Elle doit au moins avoir compris que je compte éliminer Lee Junseo.

Feignant le calme, je réponds :

— Vas-y, je t'écoute.

— Quand tu auras passé les oraux... Quand tout sera terminé...

Elle prononce ces mots très lentement en tremblant légèrement.

— Tu voudras bien aller au cinéma avec moi ?

À peine a-t-elle fini sa phrase que j'éclate en sanglots.

Mes larmes jaillissent souvent pour des raisons inexpliquées aux moments les plus inattendus. Grande sœur est affolée. Sans cesser de pleurer, je me dis que c'est plutôt une bonne chose qu'elle aussi perde ses moyens.

— Pardon, Soua ! Excuse-moi. Je ne t'embêterai plus avec ça.

Je reste un long moment à sangloter, le visage dans mes mains. En réalité, j'essaie de retrouver mon souffle, de cacher ma tête rouge toute moche et de me calmer, ce qui est loin d'être facile. Quelle idiote, celle-là ! Qu'est-ce que je peux bien faire de quelqu'un qui, en guise de menace, propose à celle qui fomente un meurtre d'aller au cinéma ?

— Soua...

— Grande sœur, je...

J'ai beau avoir retrouvé ma respiration, mon nez reste bouché. En cachant d'une main le bas de mon visage, je reprends :

— Quand tout sera terminé, j'aimerais bien partir en voyage... avec toi.

Grande sœur ne dit rien. Elle tente de paraître détachée, mais je vois bien les commissures de ses lèvres remonter.

— Si tu ne changes pas d'avis d'ici là.

— Lim Soua, dit-elle en m'attrapant par les épaules.

Son visage est sérieux. Il n'y a plus trace du moindre sourire.

— Tu prends les gens pour des idiots. Au fond, tu méprises tout le monde, n'est-ce pas ?

Une question à laquelle je suis incapable de répondre. Après avoir ravalé de nouveaux sanglots, c'est maintenant le hoquet qui me guette. Grande sœur m'observe un long moment puis poursuit à voix basse :

— Ça aussi, ça me plaît.

Comment fait-elle pour que je sois encore une fois incapable de dire quoi que ce soit ? Je me rends compte trop tard que j'ai baissé la main qui cachait mon visage. *Je crois bien que mon nez coule... La honte !* Grande sœur relâche son étreinte sur mes épaules puis m'enlace doucement. Je recule d'un pas.

— Ne change pas d'avis, dit-elle. Moi, je ne changerai pas.

J'aperçois sur son tablier un long filet de morve.

CENDRILLON

Il est 20 heures passées quand je retourne dans ma chambre. Je me dépêche de me connecter pour rejoindre le groupe. Je réponds vite fait aux quelques remarques.

— Excusez-moi pour le retard.

J'allume en même temps mon téléphone, ouvre la calculatrice, tape le chiffre cinq puis fais une capture d'écran que je publie. Un cœur arrive aussitôt. *Incroyable! Il passe toutes ses journées à attendre mes messages ou quoi?*

— Soua, tu viens de faire une erreur basique. Déjà hier, tu n'étais pas très en forme.

— Oh, c'est vrai! Pardon.

J'attrape le pique-aiguilles que j'ai abandonné dans un coin du bureau quelques jours plus tôt et je me mets à jouer avec. Il faut que je me concentre. Ne pas me mets les priorités. Certes, d'un point de vue chronologique, l'histoire de Gyeonga est arrivée en premier mais, pour le moment, les oraux sont plus importants. Comment comparer le niveau de difficulté des deux? Pourtant, si je peux me permettre de le faire, il doit être mille fois plus facile de passer le concours pour devenir professeure que de tuer un homme. Je devrais donc y arriver sans problème.

J'avoue quand même que cette question me travaille depuis quelque temps. Laquelle de ces deux tâches est la plus compliquée et laquelle est la plus importante ?

Après la séance de travail, je range un peu ma chambre et commence à rédiger le compte rendu de la journée. Vers 23 h 30, je sors et me rends à la station Noryangjin. J'entre dans une épicerie d'où je peux observer la sortie de métro numéro cinq. Je m'achète un bol de nouilles instantanées que je remplis d'eau bouillante. L'anonyme arrive trois minutes avant minuit. Je jette mon bol à moitié mangé et sors le rejoindre. La portière côté passager est ouverte. Je grimpe dans la voiture.

— Comment allez-vous ?

Prononcée par quelqu'un qui va visiblement mal, cette question me paraît sarcastique. À vrai dire, je trouve ça irrespectueux de sa part que lui qui n'a aucun lien direct avec Gyeonga aille moins bien que moi, son unique sœur. Même si je sais que nous ne menons pas une compétition pour savoir lequel de nous deux l'aimait le plus ni qui a le plus envie de tuer Lee Junseo. Nous formons une équipe. Il n'y a donc ni gagnant ni perdant. Ou s'il y en a un, ça ne se joue pas entre l'anonyme et moi. Nous sommes tous les deux face à Lee Junseo. Du moins, c'est ce que je crois.

J'attache ma ceinture, puis je lui montre l'écran de mon portable.

— Voilà où nous allons. Pas de GPS, s'il vous plaît. Je vous indiquerai où tourner à chaque carrefour. Il faudra que vous appreniez le chemin par cœur.

Pour une fois, la journée de jeudi s'est déroulée exactement comme prévu dans le nouvel emploi du temps fraîchement revu. Clouée dans ma chambre, j'ai consacré la matinée à élaborer des plans de cours. L'après-midi, répétition des simulations de cours et de l'entretien à partir des conseils donnés par les deux membres de mon groupe qui ont déjà passé le concours. Toute la journée, j'ai fonctionné par cycles de vingt minutes. Le matin, j'ai établi quatre plans : vingt minutes de conception et de prise de notes, vingt minutes de rédaction, vingt minutes de corrections et d'ajustements. L'après-midi, vingt minutes de création de cours, vingt minutes de répétition, vingt minutes de réponses aux questions que l'on est susceptible de me poser et vingt minutes de questions-réponses pour l'entretien. J'ai même réussi à déjeuner en vingt minutes. Je suis particulièrement satisfaite d'être parvenue à suivre aussi précisément le planning. *Eh bien, c'est sûrement ça qu'on appelle avoir le rythme dans la peau,* me dis-je en éteignant le chronomètre.

Il reste moins d'une semaine avant les oraux. Deux séances de révision en groupe sont prévues ce week-end. Lundi, veille de l'examen, il faudra que je me consacre essentiellement à ma forme physique. Il ne restait donc qu'aujourd'hui pour me consacrer entièrement au travail. Je ne cache pas une certaine amertume à l'idée que je n'aie réussi à respecter mon programme qu'une seule journée.

Après le dîner, je me connecte et rejoins le groupe. Nous échangeons au sujet des plans de cours que nous avons conçus le matin même. Chacun en partage deux avec les autres membres et les présente pendant trente minutes. Les deux heures passent vite.

Une fois la séance terminée, vers 22 heures, je suis assommée de fatigue. Sans doute à cause du manque de sommeil. La nuit dernière, je ne suis rentrée à Noryangjin qu'à 4 heures du matin et je n'ai pu dormir que trois heures. Chassant la léthargie qui me happe, je révise les étapes de vendredi en les notant sur une feuille de papier. Je lâche mon pique-aiguilles et somnole doucement. Me réveillant au bout d'une dizaine de minutes, je range mon bureau en n'oubliant pas de déchirer la feuille en mille morceaux.

J'ai pour habitude de privilégier les entraînements de fond. Il faut de l'endurance pour tenir assise longtemps derrière un bureau. En terminale, mon professeur principal nous avait appris qu'en réussissant à stabiliser son rythme cardiaque, on faisait moins d'erreurs. Je ne sais pas si c'est scientifiquement prouvé mais moi, j'ai toujours trouvé ça convaincant.

Ce matin, dès le réveil, mon cœur bat trop vite. Je réduis de moitié mon footing et cours plus lentement. La journée va être longue. Mieux vaut ne pas trop me fatiguer.

Aujourd'hui, Cha Haegyeong fête son anniversaire.

C'est le rappeur qui m'en a informée. Je ne suis pas certaine de tenir vraiment à le savoir, mais cette information est précieuse. Je mets donc de côté mon dégoût.

Je vais mixer à la soirée d'anniversaire de Haegyeong. Tu viens ?
J'ai l'impression qu'il a très envie d'avoir de tes nouvelles.

Plus j'y pense, plus ça me semble être une aubaine inespérée. Le problème, c'est que ça tombe juste avant les oraux. Mais mieux vaut en profiter maintenant qu'attendre qu'une autre occasion se présente sans trop savoir quand. Après le concours, il faudra que je fasse la déclaration de décès de Gyeonga. Je compte aussi m'occuper moi-même de ses funérailles numériques, bien qu'elle ait demandé à l'anonyme de s'en charger. Pour ma part, je pense qu'il serait préférable que Lee Junseo, alias Cha Haegyeong, ne devienne pas célèbre tout de suite. Si ça devait arriver, il serait très compliqué de l'approcher. Ce serait sans doute pire encore pour l'anonyme. Je le vois mal patienter tranquillement jusqu'à ce que Cha Haegyeong finisse par se pointer devant lui. J'imagine déjà la une des journaux : « Le jeune acteur Cha Haegyeong, victime d'une agression à l'arme blanche. »

Vendredi est donc le jour idéal, une occasion unique. Le hasard a voulu que ce soit son anniversaire... Ce n'est quand même pas de chance de crever le jour de sa naissance.

Au bain public, je me paie un gommage du corps. C'est la première fois de ma vie que je m'offre ce genre de service. Je ne sais plus à quand remonte la dernière fois que je suis venue ici avec ma mère et Gyeonga. Maintenant que j'y pense, je me souviens d'y être allée avec maman avant mon déménagement. Je me demande si Gyeonga faisait des gommages de temps en temps, elle qui se donnait tant de peine pour être belle. Tout en me laissant tourner et retourner comme un poisson sur une planche à découper, mes pensées vagabondent. Je parviens tant bien que mal à me calmer. En quittant les lieux, je m'achète un lait à la banane.

Je passe ensuite récupérer mes vêtements au pressing. Une fois dans ma chambre, je sors les produits de maquillage que j'ai pris dans les affaires de Gyeonga. Je cherche des vidéos pour apprendre les différentes techniques et en choisis une qui me paraît correspondre à ce que ma sœur avait l'habitude de faire. Mais après avoir étalé le fond de teint, je me rends compte que je n'ai pas de crayon à sourcils. Je fonce dehors et me précipite dans la première boutique venue. « Marron, marron, marron... » je répète comme un mantra en parcourant les rayons. Dans chacun des miroirs qui recouvrent les murs, je surprends mon reflet : mon visage est caché sous une épaisse couche de fond de teint. Je n'ai jamais ressenti une telle honte.

Il me faudra plus de trois heures pour me maquiller. Mon objectif initial était de le faire à la manière de Gyeonga. Sans aller jusque-là, on pourra quand même me féliciter d'y être parvenue. En attendant, l'eye-liner part dans tous les sens, et le joli blush aux teintes orangées qui illuminait le visage de ma sœur transforme mes joues en lumières fluorescentes. Jamais de toute ma vie je n'ai eu autant envie de jeter l'éponge. Tout en tapotant ma peau, je me dis que je n'ai pas rencontré un tel niveau de difficulté durant toute la préparation du concours. Je passe à présent au rouge à lèvres. Ça va, c'est acceptable avec un peu de couleur. Comme me l'avait proposé Gyeonga dans son petit mot, ç'aurait été nettement mieux si c'était elle qui s'était occupée de tout ça. Mais si je me retrouve à le faire seule, ce n'est pas parce qu'elle n'est pas là... mais parce qu'elle n'est plus là. Tout en jouant ainsi sur les mots, je fixe mon visage dans la glace d'un air stupide.

Il est temps à présent de passer à la coiffure. Mes cheveux sont nettement plus longs que ceux que Gyeonga avait sur ses dernières photos. Certes, ça pousse, mais la différence est quand même un peu trop flagrante. Ce n'est pas un choix de ma part de les porter longs. C'est juste que je n'ai pas pris le temps de les couper. Je les attache en queue-de-cheval depuis que j'ai commencé à préparer le concours. Tant pis, je vais les attacher un peu plus haut que d'habitude pour donner l'illusion qu'ils sont plus courts. Et afin de dissimuler un peu mon menton, je laisserai tomber quelques mèches sur mes joues. Je comprends alors qu'il existe des centaines de vidéos pour apprendre à attacher ses cheveux. Une découverte pour moi qui pensais qu'une queue-de-cheval n'était rien d'autre qu'une queue-de-cheval. J'écoute les conseils : il faut glisser les mains sous les cheveux en gardant les doigts écartés ; remonter les cheveux vers le haut permet d'avoir l'air plus jeune alors que les porter plus bas est un moyen de paraître plus âgé. Étant l'aînée mais ayant toujours été considérée comme la cadette, j'hésite sérieusement. Vers le haut ou en bas ?

J'enfile ensuite un jean et la chemise blanche que j'ai achetée pour les oraux. Un maquillage copié grossièrement à la manière d'une groupie, une queue-de-cheval haute, une chemise classique et un pantalon qui me gratte : une tenue pour le moins hétéroclite, mais tant pis. Si je pouvais rentrer dans la robe de Gyeonga, ça réglerait le problème, mais là, je n'ai pas d'autre solution. Pour moi qui ne porte habituellement que quelques joggings, avoir un jean sous la main, c'est déjà une chance. Je me souviens que, du temps où je fréquentais l'église, on nous disait de porter une chemise blanche et un jean à chaque événement. Alors, après tout, ma tenue d'aujourd'hui ne doit pas être bien choquante. D'autant que ça ne se verra pas trop sous le grand manteau de Gyeonga. Et puis, l'objectif n'est pas d'être la plus jolie. À cette pensée, mon cœur se fige.

Je ne sais pas quoi porter aux pieds. Les chaussures à talons que j'ai mises de côté pour les oraux ou celles de sport ? J'opte pour ces dernières. Certes, Gyeonga était plus grande que moi et les talons me permettraient de donner l'impression que je fais sa taille mais, compte tenu du fait que je vais devoir courir, les baskets sont sans conteste plus appropriées.

Je glisse dans les poches du manteau de Gyeonga toutes les affaires dont j'aurai besoin et mets le tout dans un grand sac en toile. Puis j'enfile mon manteau et quitte le dortoir. Il est 19 h 30 : l'heure du rendez-vous avec l'anonyme.

En montant à bord de son mini-van, je l'entends pousser un cri étouffé.

Je m'enquiers avec autant d'angoisse que d'espoir :

— Je lui ressemble, c'est ça ?

L'anonyme ne répond pas. Je décide de prendre son silence pour un oui. Sans craindre ma réaction, il n'aurait pas hésité à me le dire si son cri était dû à mon maquillage grotesque. Sans doute est-il mal à l'aise d'avoir cru voir Gyeonga l'espace d'un instant, lui qui a avoué qu'il l'aimait quand, moi, je lui faisais peur. Si j'obtiens cet effet-là sur lui, ce sera encore plus facile avec Lee Junseo. Je n'aurai peut-être même pas besoin de lui dire que Gyeonga était en vie.

Je sors du sac le manteau de ma sœur et range le mien à la place.

— Vous pourrez le faire parvenir chez moi ? Pas à Noryangjin mais chez mes parents. En précisant le nom de Gyeonga, s'il vous plaît.

Je boucle ma ceinture de sécurité. L'anonyme démarre.

— Vous savez pourquoi ?

— Parce que je ne suis pas censé savoir qu'elle est morte.

— Exactement. Officiellement, vous n'êtes au courant de rien. Vous vous êtes juste demandé ce que devenait cette étudiante bénévole que vous aviez l'habitude de voir auparavant. C'est bon pour vous ?

L'anonyme s'enferme de nouveau dans le silence.

— Vous devriez également laver la voiture. Je ne pense pas qu'une affaire criminelle sera ouverte mais on ne peut être sûr de rien. Si quelqu'un vous pose des questions, dites que vous ne saviez pas qu'elle était morte. Si jamais on venait à trouver un de mes cheveux dans votre véhicule et que l'on remonte jusqu'à moi, ce serait très embêtant. Alors n'oubliez pas de tout nettoyer. Ne tardez pas non plus à envoyer le colis.

— Entendu.

La voiture s'engage sur un grand boulevard. Tout est bouché. Je sors des écouteurs de la poche du manteau de Gyeonga. Je démêle le fil qui s'est emmêlé autour du crochet que j'ai récupéré sur un cintre en bois, puis j'insère la fiche dans mon téléphone et lance la plateforme que j'utilise pour les séances de travail en groupe. Il est 19 h 35.

— Bonjour, Soua. Vous vous êtes connectée tôt aujourd'hui, me salue le candidat qui passe le concours pour la troisième fois.

— Bonsoir à tous. Oui, à quelques jours des oraux, il est temps que je me secoue un peu.

J'observe le visage de l'anonyme. Malgré l'obscurité, je distingue les traits de son profil grâce aux phares des voitures qui passent à côté. Je crois y lire : « Vous êtes vraiment redoutable. »

SOIR DE FÊTE

Je craignais un peu que les membres de mon groupe ne se rendent compte de ma présence en voiture et qu'ils ne fassent des remarques, mais il n'en est rien. Peut-être est-ce grâce à la bonne qualité de mes écouteurs ou à la technologie de pointe utilisée par la plateforme. Quoi qu'il en soit, personne ne mentionne de bruit parasite. Cela dit, si la messagerie que nous utilisons était sensible aux bruits environnants, j'aurais déjà eu droit à des réflexions quand j'étais au café, où la musique était nettement plus forte que le ronronnement du moteur.

Nous nous rendons à Garosu, l'endroit où je suis venue l'autre fois avec l'anonyme. Malgré les embouteillages, nous arrivons à destination bien avant la fin de ma séance de travail. Il faut dire que Noryanjin et Gangnam ne sont pas loin.

L'anonyme trouve la place adéquate : aucune voiture alentour n'est susceptible d'enregistrer notre présence prolongée dans sa boîte noire. En attendant que je termine ma séance, il coupe le moteur et reste à côté de moi. Nous avons beau être dans une rue résidentielle, il est primordial de prendre toutes les précautions. Contrairement au reste du quartier – l'un des plus animés de Séoul –, l'étroite ruelle où nous sommes est particulièrement déserte. Des immeubles bas, mais plus grands que des maisons, sont alignés tout du long. Peu de fenêtres sont éclairées. *Il y a des gens qui organisent des fêtes par ici ?* C'est la question que je me suis posée lors de notre visite préliminaire. J'en suis venue à douter de l'information fournie par le rappeur. *Que faire s'il n'y a personne à l'adresse indiquée ?* Avant de me répondre à moi-même : *Peu importe. Je n'ai rien à perdre.* Ce serait juste ennuyeux de devoir établir un nouveau plan de A à Z. Rien de plus.

Où est passée ma détermination ? Après ma séance de travail, je reste assise une vingtaine de minutes dans la voiture. Il fait froid sans chauffage. Mes orteils sont gelés. Pourtant, j'ai un mal fou à sortir. La soirée a commencé à 21 heures. Si je continue de traîner, il va être trop tard et je risque de louper Lee Junseo. Malgré tout, j'ai du mal à bouger. Descendre de voiture signifie que je m'apprête à commettre un crime. Et que je ne serai donc plus jamais la même personne.

Après tout, est-ce qu'il n'en va pas ainsi pour toutes les choses de la vie ?

Par exemple, suis-je la même que celle que j'étais avant la disparition de ma sœur ? J'essaie de me ressaisir en me mordant les lèvres. Je ne suis pas sur le point de faire du mal à un innocent. Je cherche juste à venger Gyeonga. Rien dans cette histoire ne pourra me détruire. Je le suis déjà. On m'a brisée quand elle est morte.

— J'y vais.

Ma voix est calme. Tellement calme que ça m'étonne moi-même. L'anonyme, lui, reste silencieux, les mains posées sur le volant.

— Vous vous rappelez ce que je vous ai dit. Aujourd'hui, c'est...

J'ai failli dire « la bonne ». Je m'arrête et cherche mes mots.

— ... l'unique occasion. Il n'y en aura pas d'autre. Vous comprenez ce que je veux dire ?

L'anonyme acquiesce de la tête. Je descends de voiture et marche tout droit sur une trentaine de mètres avant de prendre la rue transversale. Je dépasse deux maisons et débouche devant un immeuble en pierre abritant des bureaux et des commerces. Toutes les lumières sont éteintes. Visiblement, tout est fermé à cette heure-ci. Chose étrange, une flopée de voitures sont garées sur le parking de l'immeuble. Même moi qui n'y connais rien, je remarque que ce sont toutes des bolides m'as-tu-vu.

En descendant au sous-sol, je commence à entendre de la musique. Au niveau -1, je sens les vibrations des basses. Au -2, la mélodie se fait plus nette. Dans l'entrebâillement de la porte, j'aperçois les stroboscopes violet, vert puis rose à travers de grandes volutes de fumée. Je m'aperçois alors que je sens depuis un moment une étrange odeur. Ce n'est pas du tabac. Je comprends aussitôt de quoi il s'agit.

Craignant qu'il n'y ait quelqu'un derrière la porte, je pousse le battant doucement et m'engouffre à l'intérieur. La musique qui vient frapper mes tympans emplit l'immense salle qui occupe les deux niveaux du sous-sol. Je trouve facilement le rappeur. Installé sur une mezzanine surplombant la scène en forme de L, il est en train de mixer, bougeant son corps dans tous les sens. Je n'y connais rien en matière de musique électronique, je ne m'y suis jamais intéressée, mais je n'ai pas l'impression qu'il soit très doué. Je peux aisément imaginer les gouttes de sueur glisser sur son nez comme si j'étais à côté de lui. J'ai l'impression qu'il m'est familier. Tant pis pour lui si ce que je m'apprête à faire à Haegyeong, qu'il semble apprécier, ne lui convient pas.

La soirée est censée être privée. Pourtant, pas moins d'une soixantaine de convives s'agitent dans la salle. Difficile de ne pas se faire du souci pour notre pays quand on assiste à un spectacle pareil: des lumières multicolores, de gigantesques décorations accrochées au plafond, des jeunes qui se trémoussent autour de trois ou quatre barres verticales dans des positions totalement obscènes. Soudain, je me souviens d'une amie de la fac qui avait arrêté ses études après avoir compris que l'enseignement était le rêve de ses parents et non le sien. Elle disait avoir besoin de prendre du recul pendant quelque temps. Elle avait ainsi disparu aux yeux de tous. Quelques mois plus tard, elle avait réapparu. Elle avait profité de cette pause pour apprendre la pole dance. Elle expliquait que c'était très dur mais passionnant et qu'elle voulait l'enseigner. Un camarade avait eu le malheur de demander si ça n'était pas « cette drôle de danse érotique » et avait subi ses foudres en retour. Si elle voyait cette scène, elle tomberait dans les pommes.

Où est Cha Haegyeong ? Lee Junseo, je veux dire. Il n'aurait quand même pas séché son anniversaire ?

À strictement parler, je suis une invitée. Mais n'étant pas dans mon élément, je sais bien que je risque de ne pas être pleinement moi-même. Je suis capable de faire des erreurs. J'ai beau en être consciente, ce n'est pas facile de tout contrôler. Je cherche donc Lee Junseo en essayant de ne pas me faire remarquer.

Ça alors ! Quelle ordure !

Je le cherchais parmi la plèbe grouillante alors qu'il est confortablement installé à l'étage, au-dessus de la scène, dans un immense canapé de quatre ou six places apparemment réservé aux VIP. Il est entouré de deux filles. *Qu'est-ce que tu es prévisible !* Je manque de crier, mais je n'oublie pas mon objectif. Un homme s'approche de lui et mélange quelque chose dans son verre qu'il s'empresse d'avaler d'un seul trait. De la même manière que j'ai deviné facilement quelle était la nature de la fumée et son odeur âcre qui règne dans la salle, je comprends rapidement là aussi de quoi il s'agit. *Je savais que tu étais un putain de connard, mais en plus, tu es un sale junkie !*

Le remugle à la fois aigre et piquant m'indispose. J'ai l'impression que je pourrais avoir des problèmes rien qu'en respirant cet air vicié. J'ai envie de me cacher le nez, mais je comprends aussitôt que c'est une très mauvaise idée de dissimuler mon visage. Je garde les poings fermés dans mes poches et reste immobile sans cesser de fixer Lee Junseo. Je suis partagée entre l'angoisse qu'il ne tourne pas son regard vers moi jusqu'à la fin de la soirée et la certitude que mon immobilité au milieu de la foule dansante finira par attirer son attention.

La musique est mixée de telle façon qu'il est impossible de déterminer quand finit un morceau et quand débute un autre. À vrai dire, ça n'a pas grande importance pour moi vu que je n'y connais rien. Je réussis toutefois à deviner qu'un nouveau morceau vient de commencer. Entre-temps, on a servi un autre verre rempli de l'étrange substance à Lee Junseo. Il l'avale en quelques gorgées. Tandis qu'il rejette la tête en arrière, il me semble que nos regards se croisent. Malgré la distance et l'obscurité de la salle, je vois qu'il change de visage. Ses yeux s'agrandissent. Si j'en crois la scène qui suit, je ne me suis pas trompée. Il se lève du canapé et descend l'escalier en titubant.

Il ne faut surtout pas que tu tombes maintenant.

Tout en lui adressant intérieurement ce genre d'encouragement cocasse, je continue de le fixer pendant qu'il descend. Alors qu'il ne lui reste plus que trois marches, je fais volte-face et quitte la salle. Je remonte le plus vite possible jusqu'au hall de l'immeuble, où je m'arrête. En tendant l'oreille, je reconnais son pas. Lorsqu'il est suffisamment proche, je pousse la porte d'entrée du bâtiment et me dirige à l'extérieur.

— Im Riah.

À peine ai-je fait une vingtaine de pas que Lee Junseo m'appelle. Je marque une pause avant de m'engager dans une ruelle. Rapidement mais suffisamment lentement pour qu'il puisse me rattraper en courant.

Je sors les mains de mes poches, me retourne et attends. Comme prévu, il se précipite pour me rejoindre, haletant. Je lève un bras assez haut pour être au niveau de son cou, tenant dans ma main le taser que j'ai fabriqué avec la tapette électrique et le crochet de ceinture.

Je préférerais fermer les yeux, mais je ne peux pas me permettre de le faire. Il est encore trop loin.

— Riah...

Il n'a pas le temps de finir sa phrase. Il s'écroule sans avoir le temps de se protéger la tête. J'ai presque peur qu'il ne soit mort. Avec seulement deux piles, je ne m'attendais pas à ce que ce soit aussi efficace, même si j'avais lu deux-trois trucs sur internet au sujet des risques liés à la fabrication artisanale de ce genre d'appareil. Dans mon plan, l'utilisation de cet engin n'avait pas d'autre utilité que de l'énerver. Je n'avais pas eu l'occasion de l'essayer avant. Le résultat dépasse toutes mes espérances. Il faut dire que je n'avais pas prévu que l'autre serait ivre et drogué.

Lee Junseo est étalé à plat ventre sur le sol. J'en profite pour lui écraser une main.

— Lève-toi, connard ! Inutile de faire le mort.

Il réagit à peine. J'écrase sa main de plus belle. *Ça ne changera rien si je lui casse les doigts, pas vrai ?* Je sens ses os craquer. Je ne sais pas si ce sont ses articulations qui bougent ou si je suis réellement en train de lui briser la main. Est-il mort ou simplement évanoui ?

— Tu es la sœur de Riah, n'est-ce pas ?

Il tourne si brusquement sa tête vers moi que je manque de sursauter. Je ne pensais pas qu'un être humain était capable de faire pivoter autant son cou.

— Ah ah ah ! se met-il à pépier joyeusement. J'ai cru un moment que cette salope était vraiment en vie. Waouh ! On peut dire que tu es une putain de cinglée ! Tu sais qui je suis ? Tu connais mon père ? Espèce de sale garce !

Bien entendu, je ne m'attendais pas à ce qu'il implore mon pardon à genoux et les mains jointes au-dessus de sa tête. Mais il pourrait au moins tenter un « Je vous en prie, épargnez-moi ! » ou « Qu'est-ce que vous me voulez ? ». Au lieu de quoi j'ai droit immédiatement à un « putain de cinglée ». Ça sert à quoi d'avoir une mère qui travaille dans l'enseignement ? Bravo l'éducation !

Je me connais, je suis capable de débiter mille fois plus d'insultes humiliantes que lui, mais je me tais et continue d'écraser sa main de tout mon poids. Il pousse d'étranges gémissements. On dirait un pneu qui grince sur le sol.

J'aimerais bien le faire souffrir davantage mais les minutes sont comptées. S'il s'absente trop longtemps, quelqu'un risque de venir le chercher. Encore que je me demande qui, parmi cette bande d'ivres morts, est en état de lui porter secours.

Je ne résiste pourtant pas à l'envie de lui poser la question qui m'obsède depuis des jours.

— Pourquoi as-tu tué Gyeonga ?

Tout en l'interrogeant, je remarque ses énormes pupilles. Est-ce un effet de la drogue ? Est-ce qu'on ne dit pas que ça dilate les pupilles ? À moins que ses iris ne soient simplement comme ça. Je crois que les pupilles se dilatent également quand on est mort. Peu importe. De toute façon, c'est ce qui va bientôt lui arriver.

Sans paraître saisir la gravité de la situation, il continue de papoter d'un ton jovial.

— Pourquoi je l'aurais tuée ? Je parie qu'elle l'a fait elle-même. Je lui avais dit que je voulais qu'on se sépare.

— Tu l'engrosses et tu la quittes, c'est ça ?

Son visage se transforme subitement.

— Espèce de sale connasse ! Comment tu sais ça ?

— Je ne le savais pas. C'est toi qui viens de me l'apprendre.

Il semble sonné, comme s'il ne comprenait pas ce que je viens de lui dire, avant que ses traits se déforment de nouveau. J'appuie encore plus fort sur sa main, jusqu'à en faire trembler ma jambe.

— Si tu voulais la quitter, il te suffisait de faire disparaître le fœtus et de rencontrer quelqu'un d'autre. Ou de rester seul si tu n'es pas doué pour faire de nouvelles rencontres. Pourquoi la tuer ?

— Vous êtes aussi dingues l'une que l'autre. Elle refusait d'avorter à cause de sa paroisse, putain !

Effarée, je suis incapable de répliquer quoi que ce soit.

— Eh bien, tu n'avais qu'à la laisser avoir son bébé. Tu as dragué une fille pratiquante, tu l'as baisée, et paf ! elle est tombée enceinte. Tu avais la trouille ?

— Quoi ? Draguer ? Elle a fait tellement sa difficile qu'il a fallu que je trouve un médoc qui ne laisse aucune trace.

— Tu as donné de la drogue à Gyeonga ?

Je tremble si fort que j'ai peur de relâcher la pression de mon pied.

— Une fois, putain ! Rien qu'une fois ! Après, elle n'a pas arrêté de me coller. La folle m'a ensuite menacé de tout raconter si je l'obligeais à avorter. La chienne ! Elle savait pourtant à qui elle avait affaire.

Je déplace mon pied sur sa nuque.

— Fais attention à ce que tu dis si tu ne veux pas crever tout de suite.

Lee Junseo éclate de rire et crache un filet de salive. Son crachat passe à quelques centimètres de mon visage.

— Espèce de dingue ! Tu fais semblant d'être triste pour ta sœur, alors que tu la détestais. Tu as toujours voulu qu'elle meure, pas vrai ? C'est Riah qui me l'a dit, sale folle !

Je suis prise d'un vertige. Est-ce qu'il m'est arrivé de dire ça ? Incapable de l'affirmer avec certitude, ce doit pourtant être vrai. Comme tous les frères et sœurs d'âge rapproché, nous nous sommes souvent disputées. La plupart de mes souvenirs remontent à l'enfance. Il est arrivé que Gyeonga attaque la première mais c'était rare. Généralement, c'est moi qui lui criais dessus. Gyeonga, elle, pleurait. Il est possible que je lui aie dit que je n'avais pas besoin d'une sœur comme elle, qu'elle n'avait qu'à disparaître. Ces paroles dont je ne me souviens pas, ma sœur, elle, les aurait conservées tout ce temps dans son cœur et les aurait confiées à Lee Junseo ? Quel besoin avait-elle de raconter ça à cette ordure qui s'apprêtait à la tuer ?

Je suis prise d'un nouveau vertige. Cette fois-ci, ce n'est pas qu'une simple sensation. Je tombe par terre, aussi vulnérable que Lee Junseo quelques minutes plus tôt. Sauf que, contrairement à lui, je prends un coup sur l'arrière du crâne. Profitant de ma faiblesse et du fait que j'aie relâché la pression sur sa main, il a glissé ses doigts dans mon lacet et a tiré de toutes ses forces. Avant de toucher le sol, j'ai tout juste eu le réflexe de croiser mes mains derrière la tête. Mon dos et mes fesses me font affreusement mal. Lee Junseo se relève en gardant ses doigts dans mon lacet. Une vive douleur envahit ma cheville, comme si elle était cassée, puis ma chaussure se retire. *Heureusement, mon pied est mieux attaché à ma jambe que la chaussure ne l'est à mon pied,* ai-je le temps de penser malgré la brièveté de la situation.

— Ça y est ? Tu sais tout ce que tu voulais savoir ? À présent, tu es prête à rejoindre ta petite sœur ?

J'ai l'impression de voir la scène au ralenti. Tandis que Lee Junseo lève un poing, je tire de toutes mes forces mes mains derrière ma tête pour me recroqueviller. Ivre, il m'assène coups de poing et coups de pied. C'est horrible de se faire passer à tabac sans pouvoir se défendre. Je me roule en boule le plus fermement possible. Je dois absolument protéger mon visage pour les oraux. Soudain, l'image de Fingerboard traverse mon esprit. Je ne me rappelle plus ses traits avec précision. En revanche, je me souviens nettement de son expression lorsque, éjectée de mon bureau, elle s'est envolée dans les airs avant de retomber sur le sol. Ça peut paraître étrange de n'avoir conservé que ça en mémoire, et pourtant c'est bien le cas. J'imagine la même expression sur le visage de Lee Junseo.

Accroupie, je rampe vers ses genoux. J'ai du mal à ouvrir les yeux mais je parviens tout de même à les situer en fonction des coups qu'il m'envoie. Attendant le bon moment, j'encaisse quelques frappes supplémentaires, puis je m'élance pour attraper ses jambes en gardant bien mon appui sur les miennes. Une tactique qui, en temps normal, ne devrait pas fonctionner sur un homme de cette taille mais, vu son état d'ébriété, qu'il tienne debout est déjà un exploit. Lee Junseo tombe sur les fesses avant de s'étaler sur le sol. Je me relève rapidement et cours vers la rue résidentielle. L'unique voiture qui s'y trouve allume ses phares.

Sans m'arrêter, je traverse à toute allure. Une fois sur le trottoir d'en face, je me retourne pour vérifier qu'il me suit bien. Je me rends compte qu'il est plus rapide que je ne le croyais. Notre rixe doit l'avoir dégrisé un peu. L'obscurité m'empêche de distinguer son expression. Je ne vois que le blanc de ses yeux. Mon cœur bat si fort que j'ai peur qu'il n'explose. Tentant de retrouver mon calme, je compte à rebours à partir de dix. Parvenue à quatre, Lee Junseo est sur le point de traverser. Au même moment, l'anonyme démarre. À toute blinde. Tout se passe en un éclair. Plus que quelques secondes avant que la voiture fauche Lee Junseo. Pourtant, une éternité semble s'écouler.

Dans un grand fracas, le corps s'envole avant d'atterrir quelques mètres plus loin.

Toujours sur le trottoir, je reste à distance du véhicule de l'anonyme et me dirige vers Lee Junseo. Je ne saurais dire s'il est encore en vie. J'ai l'impression qu'il bouge, mais difficile à dire. Peut-être n'est-ce qu'une illusion d'optique sous la lumière blafarde. La voiture avance lentement. Une mare de sang au niveau de la tête apparaît à la lueur des phares. Soudain, je remarque qu'il neige. Depuis combien de temps ? Sans doute depuis peu vu qu'on distingue à peine sa blancheur sur le sol. J'aperçois de délicats flocons tomber sur la flaque rouge.

Je me suis souvent demandé ce que j'éprouverais à cet instant précis. De la joie ? Un sentiment de vide ? Maintenant que j'y suis, je ne ressens rien. Je tremble simplement comme une feuille. L'anonyme fait marche arrière et s'arrête à mon niveau, le moteur toujours en marche. Il baisse sa fenêtre sans m'adresser le moindre regard. Il veut que ce soit moi qui le voie.

Je fais demi-tour et me mets à marcher. En m'obligeant à ne pas me retourner. En espérant que personne ne remarque les efforts surhumains que je déploie pour ne rien laisser paraître.

Sans savoir où je vais, je continue d'avancer et finis par tomber sur une station de métro. Il y a du monde. Je me souviens que nous sommes vendredi soir. Le métro n'est pas encore fermé.

MARIE

La dernière fois que je m'étais rendue dans ce quartier avec l'anonyme pour inspecter les lieux à l'aube, nous avions discuté pendant près de trois heures. Il était plutôt sceptique à l'idée que je joue le leurre pour attirer Lee Junseo. En revanche, il était convaincu par l'idée d'un accident de voiture. Mieux valait renoncer à son permis de conduire pendant quelque temps que d'atterrir en prison pour meurtre. Toutefois, je craignais que cette solution n'ait de fâcheuses conséquences sur son travail. Il utilisait le véhicule du centre pour handicapés comme si c'était le sien. J'en avais donc conclu qu'il devait être chauffeur. Mais j'avais beau y réfléchir, je n'avais pas trouvé d'alternative qui tienne la route. D'autant qu'à force d'attendre l'anonyme était capable de tuer Lee Junseo en plein jour au milieu de la foule. Je devais donc le persuader qu'un plan meilleur existait.

Le problème, c'était le trajet en voiture.

— Si jamais la police vous interroge, comment comptez-vous expliquer votre présence dans ce quartier à cette heure-ci ?

— Vous semblez avoir peur de l'enregistrement GPS, dit-il en se frottant doucement le menton. Je fais pas mal d'allers-retours entre Séoul et la banlieue. Je raccompagne les bénévoles chez eux, et il nous arrive de recevoir des demandes d'admission au centre en pleine nuit. Je peux inventer une demande de ce genre puis la supprimer, prétextant qu'elle a été annulée. Ça relève de mes compétences.

Sa réponse m'avait plu. D'autant qu'il était quasiment impossible d'identifier les personnes présentes dans le véhicule à partir de la boîte noire. Fabriquer un alibi de ce genre était donc tout à fait jouable.

— Mais si vous préférez, je peux passer faire un tour à l'Apple Store dans la soirée. Il n'y en a qu'un à Séoul, je crois.

L'incongruité de sa réponse m'avait fait sourire. Soudain, j'avais cru comprendre pourquoi Gyeonga l'aimait bien et lui faisait confiance. Certes, il n'était pas parfait, mais il était fidèle et sincère. Son manque de tact l'obligeait parfois à garder le silence, ce qui donnait un sentiment de sécurité. Parlant avec parcimonie, il était pleinement disposé à écouter les autres. Sa bouche éternellement fermée attirait les confidences. Je pouvais sans peine imaginer Gyeonga lui raconter tout et n'importe quoi, bavarde comme une pie. Avait-elle découvert que ce garçon toujours prêt à l'écouter avait fini par nourrir une véritable obsession pour elle ? Après tout, fallait-il qu'elle le sache ? Ne valait-il pas mieux qu'elle disparaisse sans s'apercevoir de rien ?

— Vous allez à l'église ? l'avais-je interrogé sur le chemin du retour, afin d'aborder un sujet un peu moins lourd.

— J'aime autant que vous me demandiez si je crois en Dieu.

J'avais pris ça pour une affirmation. Soudain, j'avais eu envie de parler de quelque chose qui me tracassait depuis longtemps.

— J'ai fréquenté la paroisse jusqu'au collège. Mais il y a une chose que j'aimerais savoir depuis tout ce temps. Vous connaissez l'histoire de Marthe et Marie ?

— Oui.

— L'autre jour, vous m'avez dit que Gyeonga était comme Marie.

— Tout comme Jésus, Marie est un prénom courant. La mère de Jésus s'appelait ainsi, et la femme qui lui a lavé les pieds aussi. C'est d'ailleurs elle la sœur de Marthe.

— Je vois. C'est d'elle que je parle. Jésus a pris parti pour Marie et a sermonné Marthe, qui avait pourtant préparé le repas pour tout le monde.

L'anonyme avait poussé un grognement en guise de réponse.

— Cependant, Marthe n'a rien fait de mal. Elle n'a pas cherché à faire honte à Marie. Je n'arrive pas à m'empêcher de considérer que Jésus s'est montré excessif. Il était pour l'égalité, non? Chaque fois que je me remémore ce passage, je me dis qu'il manque de cohérence.

L'anonyme était resté silencieux. Pour ma part, j'avais exprimé clairement le fond de ma pensée. Un peu plus tard, il avait fini par ouvrir la bouche.

— De nombreux épisodes de la Bible prouvent que Jésus aimait autant Marthe que Marie. Si, dans cette scène, on peut avoir l'impression qu'il a réprimandé Marthe, c'est sans doute à cause des autres personnes qui étaient présentes. Il avait l'habitude d'être entouré de disciples. D'ailleurs, Luc, qui a retranscrit ce passage, était également présent.

J'avais attendu qu'il poursuive en regardant défiler les lampadaires derrière la vitre.

— À cette époque, il était mal vu qu'une femme reçoive de l'éducation, contrairement aux hommes. Un peu comme pendant la période Joseon, où les femmes n'avaient pas le droit d'écrire. Pourtant, Marie, elle, était assise aux pieds de Jésus, comme n'importe quel disciple. À votre avis, à qui cette situation déplaisait-elle le plus? À Marie ou aux autres disciples?

Difficile de répondre.

— Marthe a certainement dû avoir pitié de sa sœur, qui s'était ainsi attiré les foudres des hommes. Elle a sans doute voulu la protéger en l'appelant en cuisine. Au premier abord, on peut entendre une réprimande à l'égard de Marthe dans les paroles de Jésus. Mais qu'en pensez-vous? En observant la scène d'un autre point de vue, n'a-t-il pas plutôt tenté de la rassurer? « Marthe, ton travail est important, mais que Marie puisse écouter mon enseignement, comme les hommes, l'est davantage encore. Personne ne doit l'en empêcher, y compris ceux qui la fusillent du regard. »

— Mais ce n'est pas ce qui est dit dans la Bible.

— Parce que c'est Luc qui l'a écrit. Un homme.

Rien à redire. Un raisonnement implacable. Toutefois, je m'étais sentie déconcertée que mes croyances se renversent aussi facilement.

— Jésus n'a jamais fait de distinction entre Marthe et Marie. Certes, il considérait Marie avec autant d'importance, si ce n'est plus, que les autres disciples, mais cela ne signifie pas pour autant qu'il pensait que Marthe avait moins de valeur que sa sœur. Quand Lazare, leur frère, est mort, c'est elle qui est venue implorer l'aide de Jésus, pas Marie. C'est également à Marthe qu'il a adressé cette phrase qui résume à elle seule l'essence de la Bible : « C'est moi qui suis la résurrection et la vie. Celui qui croit en moi vivra, même s'il meurt ; et toute personne qui vit et croit en moi ne mourra jamais. Crois-tu cela ? » La réponse de Marthe est restée aussi célèbre que la profession de foi de Pierre : « Oui, Seigneur, je crois que tu es le Messie, le Fils de Dieu, qui devait venir dans le monde. »

Je lui avais juste demandé :

— Vous êtes théologien ?

L'anonyme avait ri.

Notre discussion s'était terminée là-dessus. J'étais ensuite descendue de voiture devant la station de métro. En grimpant la rue en pente menant à mon dortoir, j'avais repensé à toute cette période où je m'étais prise pour Marthe et avait pris Gyeonga pour Marie. Je m'étais également rappelé ce que l'anonyme avait dit à propos du prénom Marie, qui était couramment usité. Il devait y avoir un grand nombre de Marie qui ne figuraient pas dans la Bible. Certaines devaient même être mauvaises.

Quant à moi, je ne pouvais pas être Marthe dans la version donnée par l'anonyme. Sans même parler de la foi, je ne fais pas confiance aux êtres humains. Et pourtant, j'étais elle. Si Gyeonga était Marie, il fallait que je sois Marthe.

Parce que je l'aimais tant.

LES ORAUX

Au cours du week-end suivant, je tape au moins une centaine de fois la requête « Cha Haegyeong » sur internet. Durant la séance de travail en groupe, je jette des coups d'œil furtifs à mon portable, ce qui me vaut quelques réflexions. J'essaie autant que possible de rester calme, mais mes mains n'arrêtent pas de trembler. Quand ça devient vraiment insurmontable, je me précipite aux toilettes et compte à rebours à partir de cent.

C'est surtout le retour en métro jusqu'à Noryangjin qui me préoccupe. J'aurais dû prendre plus de précautions. Obnubilée par l'idée de devoir quitter les lieux rapidement et soulagée d'avoir réussi à en finir avant la fermeture du métro, je m'y étais précipitée machinalement. Sans même penser à m'arrêter aux toilettes, j'avais foncé sur le quai et sauté dans la première rame venue. Comme il y avait pas mal de monde, peu de personnes avaient remarqué que j'étais complètement débraillée. Je devais pourtant faire peur. J'avais perdu une chaussure et j'étais dans un piteux état à cause des coups reçus. J'avais attendu ma correspondance pour me rendre aux toilettes et m'arranger un peu. En revanche, pour la chaussure manquante, je n'avais rien pu faire.

À Noryangjin, j'étais restée un long moment devant la station, déboussolée. Comment rentrer avec mon pied à moitié paralysé ?

Soudain, je m'étais rappelé le sujet tombé aux écrits quelques années plus tôt. Il s'agissait de l'interview d'un garçon qui était resté enfermé dans une chambre froide et qui avait miraculeusement survécu. Tom – c'était son nom – avait cru à une mauvaise blague. La probabilité qu'il meure, elle, n'en était pourtant pas une. Au lieu de se creuser la tête pour savoir qui pouvait bien lui vouloir du mal et pourquoi, il avait dû se battre pour survivre. Il avait couru afin de ne pas s'endormir. Il avait couru sans cesse jusqu'à ce que ses muscles le fassent hurler de douleur. Ses jambes étaient en feu, mais c'était ce qui lui avait permis de rester en vie.

J'avais retiré mon autre chaussure et, moi aussi, j'avais couru. L'appartement de grande sœur était plus proche de la station de métro que mon dortoir. Raison pour laquelle j'avais choisi de m'y rendre.

J'avais sonné à sa porte en tentant de recouvrer mon souffle, quand j'avais entendu un immense vacarme à l'intérieur. La porte s'était ouverte brusquement. Grande sœur portait un vieux tee-shirt à manches courtes. Se rendant compte de sa tenue, elle avait rougi. Moi, honteuse de l'état dans lequel j'étais, j'avais baissé la tête.

— Tu es très belle aujourd'hui, avait-elle dit en se passant une main sur la nuque.

— Arrête de plaisanter ! Ce n'est pas drôle.

— Tu crois que j'ai obtenu ce putain de diplôme de master pour plaisanter avec toi ?

J'avais passé la nuit chez elle. Le lendemain matin, elle était sortie de bonne heure pour m'acheter une nouvelle paire de chaussures, alors que je ne lui avais même pas donné ma pointure. Nous avions mangé les sandwiches qu'elle avait rapportés pour le petit déjeuner, puis elle s'était rendormie. J'en avais profité pour partir. Il me restait pas mal de choses à faire.

La mort de Cha Haegyeong est annoncée le lundi matin. « Fils de l'ancienne candidate au rectorat, l'acteur Cha Haegyeong, né sous le nom de Lee Junseo, a succombé dans un tragique accident. » Il n'y a quasiment aucun commentaire. Ça ne fait pas non plus la une sur la page d'accueil du moteur de recherche. On trouve seulement quelques articles en lançant une requête à son nom. Cha Haegyeong, alias Lee Junseo, n'a pas obtenu de rôle principal, ni avant ni après sa disparition.

Le papier le plus complet se résume à peu près à ça : le chauffeur qui a causé l'accident, c'est-à-dire l'anonyme, a prévenu la police au moment du drame. Compte tenu de sa nature compatissante, la famille de Cha Haegyeong a tout de suite accepté un accord à l'amiable. L'anonyme est-il quelqu'un de compatissant ? Cette façon de voir les choses me donne mauvaise conscience. Disons qu'il a utilisé toutes les ficelles. Après tout, ce n'est pas à moi de le juger.

Inquiète, je jette également un œil aux réseaux sociaux du rappeur. Vers midi, il a posté une photo noir et blanc d'un bouquet de fleurs ainsi qu'un petit texte d'hommage. À en croire la forme comme le fond, il fait tout son possible pour ne pas mentionner la soirée d'anniversaire. Je crois comprendre pourquoi la famille du défunt s'est montrée aussi prompte à accepter un accord à l'amiable. Le chauffeur était parfaitement sobre alors que celui qui s'est jeté sous ses roues était chargé à bloc de substances hallucinogènes. Le calcul a dû être vite fait : s'ils avaient crié à l'injustice de cette mort, ils en seraient ressortis nécessairement perdants.

Je me demande si tous les convives de la fête se sont rendus aux funérailles. Si ça avait été moi, je n'y serais pas allée. À moins d'avoir le QI d'un moineau, personne n'a envie d'afficher un quelconque lien avec l'organisateur d'une soirée où la drogue n'a pas cessé de circuler. Je suis à deux doigts de hurler : « Merci à tous ! Merci d'être des pourritures ! Ça nous a beaucoup aidés. » Je rêve de pouvoir le faire.

Pour le déjeuner, je m'offre un repas complet à douze mille wons. Je me sens prête. L'incendie dans ma tête est maîtrisé. Pour prévenir tout risque d'indigestion, j'ai décidé de faire un déjeuner copieux et un dîner léger. Je règle le chronomètre sur vingt minutes et me lance dans la préparation de deux cours suivis des simulations en m'aidant des plans que les autres membres du groupe ont partagés. Je constate que travailler à partir des plans établis par les autres est nettement plus productif. Je regrette de ne pas l'avoir fait plus tôt.

Un peu de sport m'aiderait à trouver le sommeil. En même temps, accélérer mon rythme cardiaque peut m'empêcher de dormir profondément. J'opte donc pour une promenade en fin d'après-midi. Ça me fait bizarre de marcher dehors, sous le soleil, et non sur un tapis de course.

Comme prévu, je dîne léger. De retour dans ma chambre, je feuillette le carnet de notes qui m'a permis de préparer les écrits. Ce n'est pas tant pour réviser que pour me rappeler tous les efforts que j'ai fournis pour le concours. Je sors le manteau que j'ai fait nettoyer au pressing, la veste, le pantalon et la chemise bleu ciel, et j'accroche le tout sur un cintre. Je place les chaussures en dessous, puis je me couche.

Je sens que tout va bien se passer.

J'ai rendez-vous au salon de beauté à 6 h 30. Je me lave, j'éteins mon téléphone et je le range dans un tiroir. Je fais un dernier point pour être sûre de n'avoir rien oublié. Sur le chemin du salon, je m'arrête dans un petit restaurant ouvert vingt-quatre heures sur vingt-quatre et j'achète un gimbap que je grignote en marchant. Il est encore tout chaud.

J'arrive dix minutes avant l'heure du rendez-vous. Deux clientes sont déjà là. Assise en blouse face à une grande glace, je me sens bizarre. Ça fait au moins un an que je ne me suis pas observée attentivement dans un endroit aussi éclairé. Je ressemble bien plus à Gyeonga que je ne le croyais. Et curieusement, sans être belle pour autant.

— Comment souhaitez-vous être coiffée ?

J'ai un filet à cheveux dans ma poche. C'est celui que j'utilisais quand je travaillais au café. J'ai souvent entendu dire qu'il est conseillé d'en porter un quand on a les cheveux longs pour passer un entretien ou des oraux. C'est pourquoi je l'avais mis de côté. En entendant la question de la coiffeuse, je devine qu'elle souhaite savoir si j'en ai un.

— Faites-moi une coupe.

— Pardon ?

— Un carré, s'il vous plaît.

Une envie subite qui n'est pas si stupide. Je dois bien avouer que les articles que j'ai lus m'ont rassurée. Toutefois, si les policiers venaient à examiner la boîte noire du véhicule qui a provoqué la mort de Lee Junseo, ils pourraient découvrir qu'avant que celui-ci se jette sous les roues, une jeune femme avait traversé la route. Une femme qui s'était précipitée de l'autre côté, uniquement reconnaissable à ses cheveux longs et à son manteau bleu azur. Certes, ils savent qu'il est toujours possible de se couper les cheveux. Mais mieux vaut faire disparaître l'une de mes principales caractéristiques plutôt que d'attirer les soupçons.

Et puis j'ai envie de changer de look afin d'arrêter de ressembler à Gyeonga.

— Parfait, on va s'en occuper tout de suite.

Une autre coiffeuse me rejoint et pose une cape de coupe sur mes épaules. Elle asperge ensuite mes cheveux. J'ai l'impression que ma tête s'est transformée en plante verte. Bientôt, des mèches coupées à plus de la moitié de la longueur initiale commencent à recouvrir le sol. J'ai une sensation de légèreté et de fraîcheur sur une partie du cou. Il suffit donc de se faire couper les cheveux pour avoir une impression de nouveauté.

Après la coupe, place au brushing, puis au maquillage qui est confié à des mains expertes. Ça me plaît bien de ne plus me reconnaître. La ressemblance avec Gyeonga s'est estompée. Satisfaite, je règle la note et salue tout le monde en rappelant notre rendez-vous du lendemain, puis je monte dans un taxi.

J'arrive devant le centre d'examen vingt minutes avant la fermeture des portes. Il y a pas mal d'embouteillages aux heures de pointe, ce qui m'a un peu retardée. Je m'arrête dans une épicerie pour acheter une brique de lait de soja et une banane. Ça me permettra de pique-niquer.

Dans la salle, je m'assois à la place portant le numéro qui m'a été attribué. Les retardataires sont peu nombreux mais il y en a quand même quelques-uns. Commence alors le tirage au sort pour déterminer l'ordre de passage pour la simulation de cours. Je serai l'une des premières à passer. C'est aussi bien comme ça. Ça me laissera suffisamment de temps pour me préparer pour demain.

L'épreuve de rédaction de cours débute alors. En lançant le chronomètre dans ma tête pour vingt minutes, je réfléchis calmement au plan, le rédige tranquillement avant de le relire avec attention. Comme il me reste un peu de temps, j'en profite pour l'apprendre par cœur. Bien entendu, je ne surestime pas mes capacités au point de croire que je peux le faire en cinq minutes. Mais comme je l'ai déjà écrit deux fois, au moment de la préparation et de la rédaction, et que je l'ai relu à plusieurs reprises, il est facile à mémoriser.

À 10 h 30, pause déjeuner. Tout en mâchant lentement la banane et en la faisant fondre dans ma bouche, je repasse dans ma tête le plan de cours que je viens de rendre, dans l'espoir que chacune des phrases et chacun des mots soient absorbés par mon corps à chaque nouvelle bouchée. Je mastique tellement lentement que, si quelqu'un me voyait, il pourrait croire que j'ai mal aux dents.

Pourtant, je suis en pleine forme. Je me sens légère comme une plume. Pas un seul nuage à l'horizon.

Je me rends dans la salle de préparation, où je récupère le plan de cours que j'ai rédigé un peu plus tôt. En le relisant, je ressens une bouffée de contentement. Je suis ravie du résultat. Je me représente sans mal le déroulé. Lors des dernières séances de travail en groupe, malgré les réflexions concernant ma concentration, j'avais eu droit à des remarques du genre : « Comment fais-tu pour assurer aussi bien ta simulation de cours sans trembler ? » Il n'y a aucune raison de trembler quand on s'est préparé avec sérieux. J'apporte les dernières corrections à mon plan devant les membres du jury qui consultent leur montre. Tandis que nous nous dirigeons ensuite vers la salle d'examen, je respire profondément.

Je pousse la porte, contracte mes abdos, j'annonce de façon audible le numéro que j'ai tiré ce matin et avance jusqu'au tableau noir.

Soudain, tout devient blanc devant mes yeux. Complètement blanc. Avant même que mon cerveau comprenne quoi que ce soit, c'est mon corps qui réagit. Parmi les trois membres du jury qui se tiennent devant moi, un visage m'est familier. Celui de la mère de Lee Junseo.

À quoi ressemble ma tête ?

Je sens la sueur froide couler sur mes tempes. Si je tente de m'essuyer, ils vont s'en apercevoir et croire que j'ai fait une erreur. Comment se fait-il qu'elle soit là ? Elle n'est pas censée avoir démissionné de toutes ses fonctions pour se présenter aux élections ? Peut-on faire partie d'un jury sans être professeur ? Effectivement, sur le site internet du centre d'examen, je ne crois pas qu'il ait été précisé que les membres du jury doivent être encore en activité. Pourtant...

— Vous pouvez commencer, déclare l'un des membres, las d'attendre.

Je ne sais pas combien de secondes je viens de gaspiller ainsi. J'ai du mal à ouvrir la bouche. J'ai l'impression d'avoir déjà commis une grave erreur. Je ne sais pas s'il vaut mieux que je concentre tous mes efforts pour faire ma simulation de cours ou pour ignorer la mère de Lee Junseo. Quel que soit mon choix, je n'ai plus de temps à perdre.

— *Hello everyone. Welcome to this class. Today, we'll talk about some verbs like...*

Ma voix est plus aiguë que lors des répétitions. Angoissée, je sens ma gorge se dessécher. J'aurais dû acheter une autre brique de lait de soja. Ou de l'eau minérale ? J'ai l'impression que mes joues tressautent en me forçant à sourire. Mais rien de tout ça ne m'empêche de poursuivre mon cours.

— *Can anyone answer this question? Gyeonga?*

Je suis envahie par une seconde vague de panique. Je viens bien de dire Gyeonga? Minju, Juhee, Dasom, Yeongjae, Junhyeong... Où sont partis tous les prénoms que j'ai utilisés jusqu'à présent pour me préparer?

— *Well done, great job. As you know, there are many other expressions like "put something on", also we call those...*

J'écris quelque chose au tableau. Il est important de regarder les élèves dans les yeux, même s'ils sont virtuels. Je ne peux donc pas rester longtemps de dos. Mais je profite de cet instant où je ne suis pas obligée de faire face à la mère de Lee Junseo pour reprendre mes esprits. Ça m'ennuie d'avoir commis des erreurs dès le début. Ils risquent de croire que ma maladresse est due au stress.

— *Okay. Let's start with an easy one.*

Je poursuis mon cours en respectant le plan que j'ai établi ce matin. Quand je termine, le temps qui m'a été attribué n'est pas encore complètement écoulé. Je suis un peu embarrassée, mais je me rappelle avoir lu quelque part qu'il vaut mieux finir trop tôt que trop tard. Tandis qu'un des membres du jury regarde sa montre, prêt à me demander de sortir, je rouvre la bouche et me lance dans une totale improvisation.

— *Here's the last thing. All of you, I'm pretty sure the whole class will like this expression.*

J'écris «*put oneself in one's shoes*» au tableau.

— *Can anyone tell me what this expression means? Are there volunteers?*

J'avale ma salive puis je poursuis:

— *Excellent, Miju. That means:* «Se mettre à la place de l'autre avant de le juger.»

Quand j'enfile les chaussures de quelqu'un qui a les pieds plus petits que moi, j'ai mal. Si quelqu'un qui a les pieds plus grands que moi met mes chaussures, lui aussi souffrira. Il est parfois nécessaire de quitter sa zone de confort pour se mettre à la place d'autrui.

– That's all for today's class. Make sure to remember what you've learned today. Thank you. Bye.

Je baisse la tête pour saluer le jury. J'ai à peine quitté la salle que mes jambes me lâchent. Pantelante, je prends mon manteau et rassemble mes affaires avant de sortir de l'établissement. J'avais froid avant de commencer l'épreuve mais, à présent, mon dos est trempé de sueur.

J'ai littéralement envie de disparaître en pensant que demain, à moins d'un imprévu, je vais encore avoir affaire à elle.

LA CHAUSSURE

Deux changements en métro, vingt minutes de bus, puis dix minutes de marche sont nécessaires pour parvenir à destination. Certes, dix minutes, ça peut sembler court mais, en pleine canicule, sur une route sans la moindre zone ombragée, c'est particulièrement éprouvant. Par chance, une échoppe qui n'apparaît pas sur l'application de géolocalisation vend des bouteilles d'eau glacée. J'en descends une avant qu'elle fonde. Gyeonga a emprunté ce même chemin chaque semaine depuis son entrée au lycée. De nous deux, c'est moi que l'on a toujours considérée comme ayant le plus de tempérament. Pourtant, je ne suis pas d'accord: têtue, elle avait un caractère bien trempé.

– Bonjour, nous sommes les nouvelles bénévoles.

Le centre est composé d'une église et d'un bâtiment en forme de U accueillant les personnes handicapées. Contrairement à la dernière portion de route menant au centre qui est non goudronnée, ici, le sol a été aménagé pour permettre aux pensionnaires de se déplacer en fauteuil roulant. Je pousse doucement la porte et entre. Il n'y a personne à l'accueil. Sur les murs sont affichés quelques documents officiels, comme les statuts de l'association. Un tableau de l'équipe de garde figure également, avec la photo de chacun des membres du personnel.

Un visage m'est familier : celui de l'anonyme. « Administrateur : Yun Myeonghwan, missionnaire. »

— Missionnaire ? Un type comme lui ? Mais où va le monde ?

— Tu le connais ?

— Non, non. Je dis ça comme ça.

Je retire mes chaussures et avance à l'intérieur.

— On dirait que tu connais déjà les lieux, grommelle grande sœur en faisant comme moi.

J'annonce à voix haute en laissant traîner la fin de ma phrase :

— Il y a quelqu'un ? Nous sommes les nouvelles bénévoles.

De ce que je pense être la cuisine sort l'administrateur et missionnaire Yun Myeonghwan, à savoir l'anonyme. Il marque un instant d'hésitation en me reconnaissant.

— Enchantée de faire votre connaissance. Je suis Lim Soua. Nous sommes venues pour vous aider.

Je lui adresse un grand sourire. Yun Myeonghwan me salue à son tour.

— Bienvenue.

Grande sœur s'occupe du ménage pendant que je prépare les en-cas. Elle ne cesse de râler, affirmant que ma tâche est bien plus simple que la sienne. Pourtant, éplucher et découper des fruits pour trente personnes n'a rien de facile.

Yun Myeonghwan s'absente un moment de la cuisine avant de revenir.

— Ça faisait longtemps.

— Moins fort ! Les murs ont des oreilles, murmure-t-il en laissant échapper un petit rire. Comment se sont passés vos examens ?

— J'attends mon affectation.

Il hésite quelques instants avant de me féliciter.

— Vous allez encore me dire que je vous fais peur, n'est-ce pas ?

— Oui. Malgré tout ce qui s'est passé, vous avez réussi le concours.

— Et vous, Monsieur le missionnaire, comment allez-vous ? J'ai cru comprendre que vous n'aviez plus le droit de conduire.

— Effectivement.

Nous sommes les seuls à pouvoir rire de cet échange. Pendant un long moment, on n'entend que le bruit des couteaux. L'agilité avec laquelle il prépare les melons est impressionnante. Tandis que j'observe sa rapidité et sa dextérité, je me rends compte que c'est la première fois que je le vois sans gants. Aussitôt, je m'interdis de penser à ça. Je suis censée ne l'avoir jamais vu porter des gants. Plongée dans ces réflexions, je sursaute en l'entendant me parler.

— Il est préférable d'enlever les pépins du melon. Les personnes âgées les digèrent difficilement.

— Oh, pardon !

Le cliquètement des couteaux résonne de nouveau. Un long silence avant qu'il ouvre de nouveau la bouche.

— Soua, vous n'avez pas d'angoisses ?

— Si. Je fais même des cauchemars.

Le dernier en date concernait les oraux. Dans la salle d'examen, la mère de Lee Junseo me demandait : « Pourquoi avez-vous tué mon fils ? » Tout en m'efforçant de rester calme et polie, je poursuivais ma simulation de cours et répondais : « Parce que votre fils a tué ma sœur », comme si cette phrase figurait dans mon plan. Puis je m'embourbais dans une quelconque contradiction, et elle s'écriait : « Tu vois, tu es incapable de me répondre ! » Elle sortait alors une lame de je ne sais où et s'avançait vers moi.

— Moi aussi.

Je n'ai aucune envie de connaître ses cauchemars. Je vois bien qu'il est aussi angoissé que moi. De toute façon, ils ne doivent pas être si différents des miens. Et puis, je préfère parler de moi. Lui, en revanche, ne cherche pas à me raconter quoi que ce soit.

Les cauchemars sont une chose ; l'angoisse qui les provoque en est une autre. En réalité, la mère de Lee Junseo s'est montrée très agréable à mon égard. Au moment des questions du jury, elle est revenue sur la fin de mon intervention et m'a félicitée de faire apprendre l'expression «*put oneself in one's shoes*». Sur le moment, j'étais pétrifiée de devoir lui expliquer à elle – plus qu'à quiconque – les raisons de mon choix. Pourtant, la peur que j'ai ressentie à ce moment-là n'était rien comparée à celle que j'allais bientôt éprouver dans mes rêves.

— Il va falloir vivre avec.

— Sans doute.

J'ai la certitude que quelle que soit la douleur qu'il éprouve, il ne regrette rien. Pareil pour moi. S'il était possible de revenir en arrière et de pouvoir choisir de nouveau, j'agirais à l'identique. Même si je suis condamnée à passer le restant de ma vie dans la crainte d'être découverte et de devoir un jour payer le prix de mes actes.

— J'ai fini de tout nettoyer.

Grande sœur passe une tête dans la cuisine. Ce ton faussement gentil, qui ne lui ressemble pas, me laisse deviner un certain mécontentement. Elle ne s'imagine quand même pas que Yun Myeonghwan est en train de me draguer? Si c'est le cas, elle ne peut pas plus se tromper. Pourtant, je ne vois pas d'autre explication.

Après avoir servi les en-cas dans les chambres des pensionnaires, nous partageons tous les trois une assiette de melon.

— Ma petite sœur venait souvent ici.

Après un rapide coup d'œil, Yun Myeonghwan rentre dans mon jeu.

— Comment s'appelle-t-elle?

— Im Riah.

— Ah oui! Je me souviens d'elle. Elle s'appelait Gyeonga avant, n'est-ce pas? C'est une bénévole très sérieuse.

L'interprétation de Yun Myeonghwan est un peu maladroite, mais grande sœur n'y voit que du feu.

— Ma sœur est morte.

À ces mots, j'éclate en sanglots. C'est pour apprendre officiellement la mort de Gyeonga à Yun Myeonghwan que je suis venue ici. Mais les larmes n'étaient pas prévues dans le scénario. Grande sœur me serre dans ses bras tandis que Yun Myeonghwan reste silencieux.

À la fin de notre visite, deux ou trois heures plus tard, je déclare :

— J'espère que nous vous avons quand même aidé un peu. Nous n'avons pas fait grand-chose.

Yun Myeonghwan secoue vivement les mains.

— Bien sûr que si ! Revenez quand vous voulez. La semaine prochaine, je vous préparerai de la pastèque.

Grande sœur et moi échangeons un regard. Je réponds fièrement :

— Nous ne serons pas là. Nous partons en voyage.

Je n'avais pas prévu de revenir. Je n'ai aucune envie que nous devenions amis. Je voulais juste prendre des nouvelles de celui qui partage ma culpabilité. Je ne suis pas certaine de vouloir le revoir. Je verrai bien. Ça peut être demain comme dans six mois. Ou simplement jamais.

— Nous allons être absentes un moment. Un mois ? Combien de temps déjà ? m'interroge grande sœur.

— Voyons, c'est toi qui t'es occupée des réservations. Pourquoi me demander ça à moi ?

Yun Myeonghwan rit.

— Eh bien, je vous souhaite bon voyage. Merci encore pour aujourd'hui.

Après s'être excusé de ne pas pouvoir nous raccompagner en voiture, il propose de venir à pied avec nous jusqu'à l'arrêt de bus. Nous déclinons.

— Gyeonga connaissait une bien belle personne, me dit grande sœur une fois assise.

Je suis surprise de sa remarque. Je me demande ce qu'elle a réussi à deviner. Quoi qu'il en soit, impossible pour moi d'approuver ses mots, « une bien belle personne ». Je fais donc semblant de n'avoir rien entendu.

Une quinzaine de jours se sont écoulés entre la fin des oraux et l'annonce des résultats. J'en ai profité pour faire pas mal de choses. J'ai quitté le dortoir, j'ai demandé à l'hôpital le certificat de décès de Gyeonga et je me suis occupée de ses funérailles numériques en clôturant l'ensemble de ses comptes sur les réseaux sociaux. Non sans avoir au préalable fait des captures d'écran que j'ai enregistrées dans un disque dur externe. Au cas où. Puis je me suis assurée que plus aucune de ses publications n'était visible dans les moteurs de recherche.

Quarante-huit heures après les oraux, j'ai reçu le colis contenant le manteau que j'avais confié à Yun Myeonghwan. Aucune mention de l'expéditeur. La destinataire, en revanche, était bien Im Gyeonga. Heureusement, le paquet est arrivé en milieu de journée, quand j'étais seule chez mes parents. Si mon père ou ma mère avait été là, ils m'auraient assaillie de questions: « Comment se fait-il qu'un colis arrive à son nom ? » Trouver une explication crédible n'aurait pas été difficile, mais devoir agir comme une adolescente m'aurait épuisée.

Je pense souvent à Gyeonga.

Certains jours, je me rappelle ma petite sœur, si belle et si gentille, et je me réfugie dans une bulle de douce nostalgie. D'autres jours, en revanche, je pleure en hurlant. Je me demande souvent ce qu'elle serait devenue si elle n'avait pas rencontré Lee Junseo. Ayant interrompu ses études quelque temps, elle aurait obtenu son diplôme un peu plus tardivement. Elle aurait sans doute rejoint une grande entreprise, comme elle le souhaitait, ou elle aurait été une célébrité, comme s'y attendaient plus ou moins les gens qu'elle fréquentait. Avec toutes ses activités bénévoles, elle aurait pu travailler dans le social et mettre en place de nouveaux projets. Elle aurait pu aussi devenir créatrice de contenu sur internet, elle qui rêvait de lancer une chaîne de vidéos en ligne. Visiblement désireuse de fonder une famille rapidement, elle m'aurait donné un ou deux neveux ou nièces en l'espace de quelques années. Peut-être même toute une tribu.

J'aurais été prête à leur offrir tout ce que j'avais, y compris mes yeux, en regrettant de n'en avoir que deux.

Il se peut que je me raconte des histoires. Peut-être qu'un jour Gyeonga et moi nous serions éloignées pour de bon. Au moment de l'héritage, par exemple, pour déterminer qui récupérerait l'appartement de mes parents. Ou pour savoir qui s'occuperait d'eux lorsqu'ils seraient à la retraite. Nous nous serions sans doute disputées avant de couper les ponts. J'imagine tout et n'importe quoi au sujet de Gyeonga. Mais me représenter ma sœur à quarante ans m'est encore plus difficile que d'appréhender sa mort. Ce que je vois le plus souvent dans mes songes, c'est moi, odieuse, en train de hurler sur elle. Sans que jamais elle ne se révolte.

J'ai du mal également à me représenter son petit ami. Elle a toujours choisi ses partenaires sans avoir aucune conscience de la fille belle et merveilleuse qu'elle était. Il y a de grandes chances pour qu'elle fût tombée sur une ordure. Peut-être pas autant que Lee Junseo, mais pas loin. Cette pensée provoque ma colère. Pourquoi les charognes s'attaquent-elles toujours aux belles personnes ? Pourquoi fallait-il qu'une telle chose arrive à Gyeonga ? S'il s'agissait de s'afficher aux bras d'une jolie fille, il aurait pu choisir n'importe quelle autre. Lui comme tous ceux de son acabit veulent ce que tout le monde chérit : les filles comme Gyeonga. Mais alors pourquoi ne les chérissent-ils pas comme tout le monde le fait ?

Parfois, je repense à notre dernière conversation.

Selon Yun Myeonghwan, Lee Junseo aurait administré des somnifères à Gyeonga. Compte tenu de ce qu'il avait l'habitude de prendre, il se peut qu'il lui ait donné quelque chose de très puissant. Auquel cas, Gyeonga n'est peut-être pas montée dans la voiture de son propre gré. J'ai donc bien fait d'agir comme je l'ai fait. C'est du moins ce que je veux croire. Gyeonga m'avait écrit qu'elle était fière de moi. Qu'elle n'en revenait pas que je sois sa grande sœur, qu'elle était pleine de reconnaissance que je sois née avant elle, qu'elle voulait que je continue d'afficher toujours le même courage. Mais qu'elle avait peur aussi que je ne m'épuise à en faire trop. Après avoir écrit ces mots, elle s'était sans doute reculée contre le dossier de son siège. Moi, j'avais répondu ceci : « T'inquiète. Occupe-toi de tes fesses. » Quel que soit le nombre de sujets qui attisent ma culpabilité, jamais je ne pourrai faire taire celle que je ressens ici.

Après l'annonce des résultats, mes parents m'ont bassinée pendant des semaines. Pas une seule fois au cours de ma scolarité je n'avais eu droit à autant d'attention. Ça m'a littéralement donné la nausée. *Je n'ai pas d'autre choix que de vivre chez eux. Comment vais-je faire pour tenir le coup ?* Je n'ai cessé de ressasser le problème pour trouver une solution. Et puis, au bout d'un mois, tout est revenu à la normale, comme à l'époque où ils ne se souciaient pas de moi.

Le quotidien est redevenu étonnamment paisible. J'ai immédiatement pensé à grande sœur en apprenant mon admission. Nous sommes allées voir un film pour fêter ça, puis nous y sommes retournées à plusieurs reprises. Grande sœur, elle, a quitté le café pour un autre poste. À son retour du stage d'intégration des nouvelles recrues, elle a déménagé dans un appartement plus spacieux. Je lui ai dit de ne pas vendre la peau de l'ours avant de l'avoir tué mais, au fond, je me disais qu'elle avait raison. Quand je lui ai dit que j'avais envie d'aller à Pompéi, elle s'est tout de suite renseignée sur les billets d'avion. Il a fallu que je lui dise d'attendre un peu. Je n'étais pas certaine de pouvoir partir à l'étranger en attendant mon affectation. Un remplacement pour un congé maternité ou pour un arrêt maladie pouvait advenir à tout moment. Et puis, quand mai est arrivé, je me suis dit que c'était jouable. Les vacances d'été allaient bientôt commencer. Nous avons pris des billets pour Naples pour la mi-juin. Je suis plutôt douée pour lancer les comptes à rebours, même si, dans le cadre d'un départ en voyage, il y a un plaisir particulier qui n'existe pas dans celui de la préparation à un concours.

Je dois bien dire que j'étais presque heureuse... Parfois, je me détestais d'éprouver un tel bonheur après tout ce qui s'était passé. Sans être prête pour autant à y renoncer.

Le lendemain de notre visite au centre où travaille Yun Myeonghwan, quelqu'un frappe à la porte. Une livraison? En ouvrant, je découvre un petit colis. J'ai beau le tourner dans tous les sens, je ne trouve ni facture ni timbres postaux. Je regarde dans le couloir mais trop tard, il n'y a plus personne. Je n'ose pas ouvrir le paquet. *C'est flippant. Je devrais peut-être le porter chez grande sœur et lui demander de s'en occuper?* J'hésite. Finalement, je décide de m'en charger moi-même, quitte à tomber sur quelque chose de terriblement atroce. *Après tout, ça vient peut-être de grande sœur? Un cadeau avant notre voyage?* Je tente de dissiper ma peur avec ce type de pensée, même si je sais qu'elle n'est pas vraiment du genre à faire ça.

En ouvrant la boîte, je trouve des journaux en boule, comme pour protéger quelque chose. Je fouille et finis par mettre la main sur un objet. Il est emballé dans deux sacs plastiques. Difficile de comprendre de quoi il s'agit au premier coup d'œil.

À l'intérieur se trouve une chaussure de sport recouverte de sang.

FIN

TABLE

PUBLIÉS CHEZ MATIN CALME

2020

Sang chaud de Kim Un-su
Traduit par Kyungran Choi et Lise Charrin

Bonne nuit maman de Seo Mi-ae
Traduit par Kwon Jihyun et Rémi Delmas

Le Portrait de la Traviata de Do Jinki
Traduit par Kyungran Choi et Delphine Bourgoin

Carnets d'enquête d'un Beau Gosse nécromant de Jung Jaehan
Traduit par Han Yumi et Hervé Péjaudier

Le Jour du chien noir de Song Si-woo
Traduit par Lee Hyonhee et Isabelle Ribadeau Dumas

Séoul Copycat de Lee Jong-kwan
Traduit par Koo Moduk et Claude Murcia

Parle-moi de ton crime de Ban Si-yeon
Traduit par Patrick Maurus et Marion Gilbert

2021

Été, quelque part, des cadavres de Park Yeon-seon
Traduit par Lim Yeong-hee et Mathilde Colo

L'Île des chamanes de Kim Jay
Traduit par Choe Ae-young et Jean Bellemin-Noël

Le Placard de Kim Un-su
Traduit par Kyungran Choi et Pierre Bisiou

Insectes de Minhye Zang
Traduit par Kwon Jihyun et Rémi Delmas

jetaime_Riah de Park Seo-lyeon
Traduit par Kyungran Choi et Delphine Bourgoin

pca
cmb
édition pré-presse
livres numériques

44400 Rezé

Cet ouvrage a été achevé d'imprimer en avril 2021
par CPI Bussière à Saint-Amand-Montrond (Cher)
pour le compte de Matin Calme éditions.
Dépôt légal : mai 2021 – N° d'édition : 01 – N° d'impression : 2057578
Imprimé en France